CB129350

JOHANN WOLFGANG VON
GOETHE

os sofrimentos do Jovem Werther

Tradução
Galeão Coutinho

Veríssimo

COPYRIGHT © FARO EDITORIAL, 2025

COPYRIGHT © JOHANN WOLFGANG VON GOETHE, 1749-1832 — DOMÍNIO PÚBLICO

Todos os direitos reservados.
Nenhuma parte deste livro pode ser reproduzida sob quaisquer meios existentes sem autorização por escrito do editor.

Veríssimo é um selo da Faro Editorial.

Diretor editorial **PEDRO ALMEIDA**
Coordenação editorial **RENATA ALVES**
Editora-assistente **LETÍCIA CANEVER**
Preparação **RENATA CARVALHO**
Revisão **ERICA MEDEIROS E DEBORA CAPELLA**
Capa **LAÍS SOUZA**
Diagramação **ANA CAROLINA DURÃO**

Dados Internacionais de Catalogação na Publicação (CIP)
Jéssica de Oliveira Molinari CRB-8/9852

Goethe, Johann Wolfgang von, 1749-1832
Os sofrimentos do jovem Werther / Johann Wolfgang von Goethe ; tradução de Galeão Coutinho. -- São Paulo : Faro Editorial, 2025.
96 p.

ISBN 978-65-5957-520-6
Título original: Die Leiden des jungen Werthers

1. Ficção alemã I. Título II. Coutinho, Galeão

24-0627 CDD 883

Índices para catálogo sistemático:
1. Ficção alemã

Veríssimo

1ª edição brasileira: 2025
Direitos de edição em língua portuguesa, para o Brasil, adquiridos por Faro Editorial.

Avenida Andrômeda, 885 - Sala 310
Alphaville — Barueri — SP — Brasil
CEP: 06473-000
www.faroeditorial.com.br

os sofrimentos do Jovem Werther

PRIMEIRO LIVRO

Juntei, cuidadosamente, tudo o que pude a respeito do pobre Werther, e aqui te ofereço, certo de que me agradecerá. Sei, também, que não pode negar admiração e amizade ao seu espírito e caráter. Ao destino dele, suas lágrimas.

E você, homem bom, que sente as mesmas angústias do desafortunado Werther, desejo que possa encontrar algum consolo para seus sofrimentos! Que este pequeno livro seja um amigo, se a própria sorte ou a culpa não permitem que você encontre outra companhia!

4 de maio

Estou contente por ter partido! Querido amigo, o que é o coração humano? Afastar-me de você, que tanto estimo e de quem eu era inseparável, e ainda assim me sentir alegre! Sei que me perdoará. Todas as minhas relações não parecem escolhidas pelo destino para atormentar um coração feito o meu? Pobre Leonora! E, no entanto, eu não sou culpado. Tenho culpa se, enquanto me divertia com os encantos de sua irmã, ela se apaixonou por mim? Entretanto, sou completamente irrepreensível? Não alimentei seus sentimentos? Eu mesmo não me divertia com o seu modo inocente e sincero de se expressar, que tantas vezes nos fez rir, quando, na verdade, não havia motivos para riso? Não... Que é o homem, para ousar lamentar-se a respeito de si mesmo? Meu amigo, prometo melhorar. Não irei mais remoer os aborrecimentos banais que a vida nos reserva. Quero fruir o presente e considerar o passado como passado. Você tem razão: os homens sofreriam menos se não se aplicassem tanto (e Deus sabe por que eles são assim!) em reviver tristezas passadas, em vez de suportar um presente medíocre.

Faça-me um favor: diga à minha mãe que cuidarei, da melhor forma possível, de seus negócios, e logo mandarei notícias. Estive com minha tia; não a achei tão má como dizem. É uma mulher vivaz, alegre e de excelente coração. Contei a ela os prejuízos causados à minha mãe pela retenção de sua parte na herança; minha tia expôs os motivos, disse as condições mediante as quais está disposta a enviar-nos tudo quanto reclamamos e até mais alguma coisa. É o que sei sobre esse assunto. Fale à minha mãe que tudo irá se resolver. Esse pequeno caso, meu amigo, demonstrou-me, novamente, que os mal-entendidos e a indolência talvez produzam mais discórdias no mundo do que a falsidade e a maldade; pelo menos, estas duas últimas são mais raras.

Quanto ao resto, sinto-me muito bem. A solidão, neste paraíso, é um alívio para o meu coração apreensivo, que transborda ao calor da primavera. Cada árvore, cada arbusto florido... e a gente tem vontade de flutuar, como as abelhas, neste oceano de perfumes, e deles fazer o único alimento.

A vila, em si mesma, é pouco agradável, mas, em compensação, os arredores oferecem belezas naturais indescritíveis. Foi o que decidiu o finado Conde M., ao construir seu jardim sobre uma das colinas, que se entrecruzam de modo único, formando encostas e vales deliciosos. O jardim é simples; ao adentrar, percebe-se que não foi um hábil jardineiro quem planejou, mas um coração sensível e com vontade de construir um recanto para si. Já derramei muitas lágrimas à memória do Conde no pequeno pavilhão em ruínas, seu retiro predileto — e meu também. Em breve, serei dono desse belo lugar. O jardineiro, nestes poucos dias, tornou-se meu amigo... e não irá se arrepender.

10 de maio

Minha alma está repleta de uma serenidade maravilhosa, como as doces manhãs de primavera que amo desfrutar. Estou sozinho e me entrego. Estou muito feliz, meu amigo, tão mergulhado no sentimento de existir serenamente, que esqueci a minha arte. Neste momento, é impossível desenhar a coisa mais simples; no entanto, nunca me senti tão bom pintor. Quando, em meu querido vale, o calor sobe e o sol a pino busca adentrar minha densa floresta, tocando somente partes do meu santuário particular; quando, à beira da cascata, ocultas sob os arbustos, descubro, rente ao chão, mil diferentes espécies de plantinhas; quando escuto o zumbido de vários insetos desconhecidos, cuja variedade desafia o observador, e sinto a presença do Todo-Poderoso, que nos criou à sua imagem, o sopro do amor universal que nos sustenta e faz flutuar num mundo de ternas delícias; então, meu amigo, é quando a escuridão cobre meus olhos, e o mundo ao redor, e o céu infinito, adormecem inteiramente na minha alma, como a imagem da bem-amada; muitas vezes, então, um desejo ardente me arrebata e digo a mim mesmo: "oh! se eu pudesse exprimir tudo isso! Se eu pudesse fixar, no papel, tudo o que sinto com tanto calor e plenitude, de modo que essa obra se tornasse o espelho da minha alma, como minha alma reflete Deus!", meu amigo! Esse arroubamento me faz desfalecer; sucumbo sob a força dessas visões magníficas.

12 de maio

Não sei se os espíritos enganadores visitam este lugar, ou se é meu coração que produz esta ilusão celestial: tudo o que vejo parece um paraíso. Nos arredores da vila, encontra-se uma fonte que me enfeitiça, como Melusina e suas irmãs. Descendo uma pequena colina, chega-se a um arco; embaixo, ao fim de vinte degraus, a água brota, cristalina, de um bloco de mármore. A parede que a envolve um pouco mais ao alto, as grandes árvores que sombreiam os arredores, o frescor desse local... tudo isso fascina e, ao mesmo tempo, causa um frêmito misterioso. Não há dia em que eu não repouse ali pelo menos uma hora. Observo as moças que saem da vila para buscar água, a mais inocente e a mais necessária das tarefas, outrora praticada pelas filhas dos reis. Quando fico sentado naquele lugar, é como se, ao meu redor, ressurgissem os costumes patriarcais. Os tempos em que os nossos ancestrais se conheciam e noivavam junto dos poços, e os bons espíritos zelavam pelas fontes e nascentes. Aqueles que não se sensibilizam com essas belezas jamais repousaram ao lado de uma fonte após uma longa caminhada em um dia de verão!

13 de maio

Você se questiona se deveria enviar-me livros. Meu caro amigo, eu te imploro, pelo amor de Deus, livrai-me de tal jugo! Eu não preciso mais ser guiado, agitado, aquecido. Meu coração está efervescido de si mesmo. Quero ser embalado pelas tensões, e as encontro, com perfeição, em meu exemplar de Homero. Esforço-me para acalmar a febre que me consome, mas você nunca testemunhou nada tão instável, tão incerto, quanto meu coração. Exponho-me aqui, quem tantas vezes suportou a angústia de testemunhar minhas oscilações repentinas, da tristeza à alegria desmedida, da suave melancolia às paixões violentas, querido amigo? Trato meu frágil coração como uma criança doente, e sou grato por todas as suas fantasias. Não fale sobre esse assunto novamente; há pessoas que me censurariam por isso.

15 de maio

As pessoas humildes deste lugar já me conhecem e têm apreço por mim, principalmente as crianças. Em princípio, quando as abordava e perguntava, amigavelmente, sobre amenidades, imaginavam que era meu desejo ridicularizá-las e me repeliam rudemente. Não me abalava, apenas confirmava o que havia observado anteriormente: pessoas mais abastadas mantêm-se distantes das mais pobres, pois temem diminuir-se com tal aproximação. Além disso, há os imprudentes, que só fingem condescendência para melhor ferir, com seus modos arrogantes, a gente humilde.

Sei muito bem que não somos e nem podemos ser todos iguais; sustento, porém, que aquele que julga necessário, para se fazer respeitar, distanciar-se do que nós chamamos povo é tão digno de pena quanto o covarde que se esconde do inimigo pelo medo de ser vencido.

Outro dia, fui até à fonte e encontrei uma jovem criada, que havia depositado a sua bacia no último degrau, aguardando uma companheira que a ajudasse a colocá-la à cabeça.

Desci e perguntei-lhe, encarando-a:

— Quer que a ajude, minha filha?

Ela se ruborizou:

— Não, senhor!

Respondi-lhe:

— Vamos, sem cerimônia!

Ela se ajeitou; ajudei-a; a moça agradeceu-me e lá se foi, escada acima.

17 de maio

Tenho feito todos os tipos de amizade, mas ainda não encontrei a sociedade. Não sei como atraio tantas pessoas: são tantos os que a mim se prendem, que chego a aborrecer-me por não poder dar a todos maiores atenções.

Se você me perguntar como é a gente daqui, serei obrigado a responder: "A mesma de toda parte". Como a espécie humana é uniforme! A maioria sofre durante quase todo o seu tempo, apenas para poder viver, e o pouco de prazer que resta está repleto de preocupações, e procuram todos os meios para aliviá-las. Oh, destino do homem!

Apesar disso, são excelentes pessoas. Muitas vezes, chego a esquecer-me de mim mesmo, para participar, com elas, dos prazeres acessíveis às criaturas humanas: uma alegre reunião em torno da mesa modestamente servida, onde reinam a franqueza e a cordialidade; uma excursão de carruagem, um bailezinho improvisado etc. Sinto-me muito bem nesse meio, contanto que não me lembre de um mundo de íntimas aspirações adormecidas, entorpecendo-se pela inércia, e que eu preciso ocultar com todo o cuidado. Ah! Como isso me aperta o coração! No entanto, a incompreensão é o destino de todos aqueles que se parecem comigo.

Ah! Por que a amiga da minha juventude está morta? Por que cheguei a conhecê-la? Poderia dizer a mim mesmo: "Você é um insensato em busca daquilo que não se encontra neste mundo".

Mas eu o encontrei. Senti, junto de mim, um coração, uma alma eleita; quando juntos, faz-me parecer maior do que realmente sou, tornando-me tudo aquilo que serei capaz de ser. Oh, grande Deus, haverá, então, uma só parte da minha alma que não possa ser aproveitada? Perante ela, não podia manifestar inteiramente esta maravilhosa sensibilidade graças à qual meu coração envolve toda a natureza? Nossas trocas não ofereciam uma constante mistura dos mais delicados sentimentos e das mais variadas sensações, assinalando-se em todas as suas modalidades, e até na impertinência, a marca de um gênio? Entretanto, ela era mais velha do que eu alguns anos, foi a primeira a morrer. Jamais esquecerei seu espírito firme e sua divina paciência.

Há poucos dias, conheci um jovem chamado V, um rapaz franco e um rosto radiante de felicidade. Saiu há pouco tempo da universidade, não se considera um sábio, mas julga-se mais inteligente que os demais. Em pouco tempo, adquiriu uma instrução completa, tendo empregado muito bem o seu tempo, ao que várias vezes pude averiguar. Quando soube das minhas habilidades com desenho e minha fluência em grego — duas coisas que são tidas aqui como fenomenais —, procurou ligar-se a mim, demonstrando grande erudição, de Batteux a Wood, de Piles a Winckelmann. Assegurou-me que havia lido toda a primeira parte da Teoria de Sulzer e possuía um manuscrito de Heyne, a respeito da arte antiga. Deixei-o discorrer.

Conheci, também, um cidadão, cordial e franco: um juiz distrital. Dizem que é um prazer vê-lo no meio dos seus nove filhos. Louvam, sobretudo, a sua filha mais velha. Ele me convidou a conhecê-la, e eu fui visitá-los. Moram num pavilhão de caça pertencente ao príncipe, a uma hora e meia de distância. Mudou-se para lá após a morte da esposa, visto que a permanência na vila era extremamente dolorosa.

Afora essas pessoas, encantei-me por algumas criaturas caricatas, das quais tudo me é insuportável, principalmente suas demonstrações de amizade.

Adeus. Esta carta você irá aprovar, pois tudo nela tem um caráter de história.

22 de maio

A vida humana não passa de um sonho. Mais de uma pessoa já pensou isso. Essa impressão também me acompanha por toda parte. Quando vejo os estreitos limites onde se acham encerradas as faculdades ativas e investigadoras do homem, e como toda nossa energia visa apenas satisfazer nossas necessidades, as quais, por sua vez, não têm outro objetivo senão prolongar uma existência miserável; quando constato que toda nossa satisfação em buscar novos significados só encontra tranquilidade na resignação e em sonhos irreais, pintados de paredes coloridas e paisagens mágicas, tudo isso, Wilhelm, faz-me emudecer. Busco e encontro um mundo em mim mesmo, mas é um mundo de pressentimentos e desejos obscuros — e não de imagens nítidas e forças vivas. Tudo flutua vagamente nos meus sentidos, e assim, sorrindo e sonhando, prossigo na minha viagem.

As crianças — todos os pedagogos eruditos estão de acordo a esse respeito — não sabem a razão daquilo que desejam; também os adultos, da mesma forma que as crianças, caminham trôpegos e sem direção, ignorando, tanto quanto elas, de onde vêm e para onde vão. Seguem influenciados por motivos fúteis; deixam-se governar, como as crianças, por meio de biscoitos, chocolates e vara. E, como agem dessa forma, inconscientemente, parece-me, portanto, que se acham subordinados à vida dos sentidos.

Concordo com você (porque já sei que você irá me contrariar) que os mais felizes são precisamente aqueles que vivem, dia a dia, como as crianças, passeando, despindo e vestindo as suas bonecas; aqueles que rondam, respeitosos, em torno da gaveta onde a mamãe guardou os bombons, e, quando conseguem agarrar, enfim, as gulodices cobiçadas, devoram e gritam: "Quero mais!". Que gente feliz! Há outros que também são invejados, os que cedem nomes pomposos às suas leviandades, e até às suas paixões, conseguem fazê-las passar por gigantescas realizações para o bem-estar e o prestígio humano. Mas aquele que, humildemente, reconhece a vaidade em todas essas coisas, vendo, de um lado, como o burguês facilmente arruma o seu pequeno jardim e dele faz um paraíso, e, de outro, como o miserável, agonizando sob o seu fardo, segue o seu caminho sem revoltar-se, todos, do mesmo modo, desejam, mesmo breve, um lugar ao sol — sim, quem vive assim permanece tranquilo. Também este se representa, a seu modo, um universo que tira de si mesmo, e é feliz em sua humanidade. E, assim, quaisquer que sejam os obstáculos que entravem seus passos, guarda sempre, no coração, o doce sentimento de que é livre e poderá, quando quiser, sair da sua prisão.

26 de maio

Você sabe como eu me acomodo em qualquer recanto onde me sinta bem, ergo a minha tenda e experimento a modéstia. Encontrei, aqui, um recanto que me seduz.

A poucos quilômetros da vila, há uma aldeia agradabilíssima, chamada Wahlheim, situada numa colina; subindo pelo atalho, de lá se observa todo o vale. Uma bondosa velhinha, gentil e vivaz, mesmo com a avançada idade, tem lá um pequeno albergue, onde vende cerveja, vinho e café. Na praça diante da igreja, há duas imensas tílias, que sombreiam o gramado. Raramente encontrei um recanto onde me sentisse tão bem. Mandei que do albergue trouxessem uma cadeira e uma mesa, e ali tomo café lendo o meu Homero.

A primeira vez que, casualmente, por uma bela tarde, vi-me embaixo das tílias, a praça estava deserta. Todo mundo estava no campo, salvo um menino de quatro anos, mais ou menos. Sentado no chão, sustentava sobre as pernas, de maneira a servir-lhe de cadeira, um bebê de seis meses. Embora permanecendo imóvel, o garoto passeava os olhos no entorno, com extrema vivacidade. Jubiloso diante da cena, sentei-me sobre um arado que ali estava e desenhei, com o maior prazer, aquela pose fraternal, acrescentando detalhes, como a cancela de granja que estava próxima e algumas rodas de carruagem, partidas, tudo com muita realidade. Passada uma hora, notei que tinha feito um desenho muito interessante, sem acrescentar itens imaginados. Isso me garantiu a convicção de limitar-me, daqui por diante, unicamente à natureza. Só ela é infinitamente rica e só ela é capaz de formar os grandes artistas. Há muito o que dizer a favor das regras de arte, como a favor das leis da sociedade. Quem se forma segundo essas regras não produzirá, nunca, uma obra absurda, nem completamente ruim; da mesma sorte, um homem educado segundo as leis e o decoro jamais poderá ser um vizinho intolerável, nem um fora da lei. Não obstante, toda regra destrói o verdadeiro sentimento e a verdadeira expressão da natureza. Você objetará: "Isso é injusto! A regra só indica os limites, poda as ramagens mais supérfluas!". Meu amigo, quer uma comparação? Todas essas coisas são como o amor. Um jovem dá seu coração a uma mulher, passa, junto dela, todas as horas do dia, dedica todo seu vigor e tudo quanto tem para provar que se consagra a ela inteiramente. Aparece um homem de bom senso e respeitabilidade, e diz ao moço: "Meu caro senhor, amar é próprio do homem, mas é preciso amar com limites. Divida-se entre o trabalho e, durante o descanso, à mulher amada. De sua fortuna, com o que sobrar, dê presentes para ela, mas não muitos: reserve-os para ocasiões especiais, como aniversários".

Se o jovem mostrar-se obediente, tornar-se-á um sujeito recomendável, e irei ajudá-lo, junto de um príncipe, a confiar-lhe qualquer emprego público; mas não se procede desse modo com o amor... ou com o talento, quando se trata de um artista.

Caro amigo, por que é que, tão raras vezes, a torrente do gênio segue em grandes ondas, avança rugindo e perturba as almas maravilhadas? Querido, é porque os espíritos refletidos nas duas margens desse rio, temendo a devastação dos seus pavilhõezinhos, do canteiro das tulipas, das hortas, sabem evitar a tempo, por meio de diques e sangradouros, o perigo que os ameaça.

27 de maio

Percebo que me entreguei à exaltação, às metáforas, à declamação... e esqueci de contar a você o fim da minha aventura com as crianças. Estive umas duas horas sentado próximo à lavoura, absorvido por uma emoção de artista, que a carta de ontem, de maneira muito incompleta, transmitiu. Ao cair da tarde, apareceu uma mulher ainda jovem, com uma cesta no braço, e dirigiu-se às crianças, que não soltaram um pio, gritando de longe: "Filipe, você é um bom menino!". Ela me cumprimentou, respondi e me aproximei, perguntando-lhe se era a mãe daquelas crianças. A mulher respondeu que sim; e, depois de dar ao Filipe a metade de um pãozinho, abraçou e beijou o mais novo com efusão maternal. "Entreguei o pequeno ao Filipe", disse-me ela, "para ir à vila comprar pão branco, açúcar e uma panela de barro." Com efeito, eu vi tudo isso dentro da cesta, cuja tampa havia caído. "Agora, vou fazer, para o meu pequeno Hans (era o caçula), uma boa sopa esta noite. Imagine o senhor que o mais velho quebrou ontem a panela de barro, quando brigava com Filipe por causa da sobra da refeição." Perguntei-lhe onde estava o mais velho; mal havia respondido que ele corria pelo campo, atrás de uns gansos, e ele chega aos pulos, trazendo, para o bebê, uma varinha de nogueira. Continuei a conversar com a mulher e soube que é filha do diretor da escola e que seu marido foi à Suíça recolher a herança de um primo. "Queriam despojá-lo", disse-me ela; "não respondiam às cartas e, em vista disso, ele resolveu partir. Queira Deus que não aconteça alguma desgraça! Até agora, ainda não recebi nenhuma notícia." Despedi-me, pesaroso, tendo dado um *kreutzer* a cada criança, e outro à mãe, para que ela, quando fosse à vila, comprasse um pãozinho para a sopa do mais velho.

Asseguro-te, meu amigo, que, quando meus pensamentos tornam-se perturbadores, todo esse tumulto cessa diante de uma criatura como aquela, que, tranquila e feliz, percorre o círculo acanhado da própria existência, terminando a sua tarefa, todos os dias, e vendo caírem as folhas sem pensar noutra coisa a não ser que o inverno se aproxima.

Depois daquela tarde, vou sempre lá. As crianças já se habituaram comigo: dou-lhes doces, quando tomo o meu café, e, à tarde, reparto com elas meu pão com manteiga e a coalhada. Aos domingos, elas recebem regularmente o seu *kreutzer*; e, se acaso lá não me encontro na hora combinada, a hospedeira tem ordem de fazer a distribuição.

As crianças confiam em mim, contando-me mil pequenas coisas. Quando as outras crianças da aldeia se juntam em torno de nós, diverte-me imenso observar as pequenas paixões e a expressão ingênua dos seus desejos. Custei muito a convencer a mãe de que, em absoluto, a criançada estava incomodando o "senhor".

30 de maio

O que disse, da outra vez, sobre a pintura, aplica-se, também à poesia: trata-se apenas de reconhecer o que é belo e ousar expressá-lo. Não sei se condensei tudo em tão poucas palavras. Hoje, testemunhei uma cena que, fielmente transcrita, faria o mais bonito idílio do mundo. Mas por que eu deveria falar de tais coisas? Para falar da natureza, será sempre preciso recorrer à arte?

Se este prelúdio te faz crer que discorrerei sobre cenas inacreditáveis e belas, engana-se redondamente: foi um jovem camponês, simplesmente, que me provocou tão viva simpatia.

Como de costume, esbocei mal meu pensamento, e você irá acusar-me de exagero. Foi ainda Wahlheim, sempre Wahlheim, que produziu essa raridade.

Um grupo se reuniu sob as tílias, para tomar café. As companhias não me agradaram, arranjei um pretexto para isolar-me. Nisso, um campônio, saído de uma casa próxima, põe-se a trabalhar na lavoura, onde me sentei para desenhar dias atrás. Pareceu-me uma pessoa agradável. Dirigi-lhe a palavra, perguntando-lhe sobre a vida. Brevemente nos apresentamos e, como sempre faço com a gente da sua classe, desandamos a conversar familiarmente. Contou-me ele que trabalha para uma viúva que o trata bondosamente. De tal modo falou-me dela, tecendo-lhe mil louvores, que percebi logo haver, de sua parte, um devotamento de corpo e alma. "Ela já não é mais jovem", disse-me, "foi muito infeliz com o marido, não quer mais casar-se." Através dessas palavras, era possível perceber o quanto ele a acha bela e sedutora, e deseja que ela o escolha para apagar a lembrança dos maus-tratos sofridos com o seu primeiro esposo! Seria preciso repetir tudo isso, palavra por palavra, para dar a você uma ideia da pureza desse afeto, do amor e da fidelidade desse homem. Mais: seria preciso que eu tivesse os dons de um grande poeta para pintar, de modo eloquente, a expressão dos seus gestos, o som harmonioso da sua voz, o fogo interior que brilhava nos seus olhos.

Não! Palavra alguma pode exprimir a ternura que transparecia em seus gestos e no seu rosto; por mais que eu me esforçasse, não seria fidedigno. Comoveu-me, sobretudo, o seu temor de que eu suspeitasse injustamente da conduta dessa mulher em relação a ele. Como era encantador ouvi-lo falar do seu rosto, de toda a sua pessoa, a qual, embora tivesse perdido o frescor da juventude, atraía-o e prendia-o com um fascínio irresistível. É inexprimível. Em toda a minha vida, nunca vi tão ardente paixão e tão desmedido desejo, aliados a tanta pureza. Posso garantir-lhe que nem em sonhos, eu me sentiria tão puro. Não me escarneça; afirmo-te que só a lembrança de um sentimento tão sincero e cheio de inocência aquece até o mais profundo do meu ser. A imagem dessa paixão me acompanha por toda parte, e a mesma chama brilha e arde em meu peito.

Farei tudo para ver essa mulher o mais cedo possível, ou, refletindo melhor, talvez seja melhor evitá-la. Bem melhor será que eu a veja através dos olhos do seu amante, pois, aos meus, talvez se apresente muito diferente do que suponho agora. Por que estragar uma tão bela imagem?

16 de junho

A razão por que eu não tenho escrito? Tão sábio e me pergunta? Deve imaginar que me sinto feliz... Em poucas palavras, conheci alguém que tocou o meu coração. E eu... eu não sei o que mais dizer...

Não é tarefa fácil contar, de forma precisa, as circunstâncias que me fizeram conhecer a mais adorável das criaturas. Sinto-me contente, feliz; serei, portanto, um mau narrador.

É um anjo! Um absurdo! Já sei que todos dizem isso da sua amada, não é verdade? Entretanto, é impossível dizer a você o quanto ela é perfeita, tampouco por que é tão perfeita. Só isto basta: ela tomou conta de minha cabeça.

Tanta naturalidade aliada a tão nobre inteligência! Tanta bondade aliada a tamanha firmeza! Uma alma tão serena e tão cheia de vida e energia!

Nada disso pode corresponder a tudo que há de especial e único nela. De outra vez, não; é agora que eu quero contar tudo que me acaba de acontecer. Se não contar agora, não contarei nunca mais. Porque, aqui entre nós, três vezes depois que comecei a escrever, estive a um triz de descansar a pena, mandar arrear o cavalo e ir vê-la. Entretanto, eu havia jurado a mim mesmo não ir até lá hoje, mas, a cada momento, vejo-me à janela, olhando a que altura ainda está o sol...

Não pude resistir, tive de ir vê-la, e agora estou de volta, Wilhelm. Devoro o meu pão com manteiga e escrevo ao mesmo tempo... Que maravilha para a minha alma tê-la visto em meio à bagunça das crianças, seus oito irmãozinhos!

Se continuo a escrever assim, tanto faz a você começar pelo começo ou pelo fim. Saiba, então! Esforçar-me-ei para lembrar os detalhes.

Escrevi-te, há tempos, contando o meu conhecimento com o juiz distrital S., o que me convidou para uma visita, o mais cedo possível, em seu retiro, ou, melhor, no seu reinozinho. Esqueci-me dessa promessa e talvez lá não teria ido nunca, se o acaso não tivesse revelado o tesouro que se esconde naquela solidão.

Os jovens daqui organizaram um baile no campo. Aceitei o convite ofertado, oferecendo-me como cavalheiro a uma jovem da vila, boa e bonita, mas insignificante quanto ao mais. Enviei uma carruagem para levar à festa a minha dama e uma prima, e, de passagem, buscaríamos Charlotte S.

— O senhor irá conhecer uma linda criatura — disse a minha companheira, enquanto nos dirigíamos, através do bosque imenso e bem cuidado, para o pavilhão de caça.

E a prima acrescentou:

— Não vá apaixonar-se.

— Por quê? — respondi eu.

— Porque ela já está prometida para um belo rapaz.

Ele está de viagem, a fim de regularizar os seus negócios, pois acaba de perder o pai. Além da busca por um bom emprego.

Tudo isso me deixou indiferente.

O sol estava se pondo sobre a montanha, quando chegamos ao portão do pátio. A atmosfera estava carregada, e as damas mostraram-se receosas, pois as nuvens cinzentas que se iam amontoando no horizonte pareciam anunciar tempestade. Tentei amenizar a inquietação, fingindo entender sobre assuntos do céu; contudo, eu mesmo começava a pressentir que a nossa festa seria estragada.

Quando desci da carruagem, apareceu uma criada para pedir-nos que esperássemos um pouco, pois "a Srta. Charlotte" não tardaria. Atravessei o pátio que conduz a uma bela casa e, ao pisar a soleira, deparei-me com um dos quadros mais encantadores já vistos em minha vida. No vestíbulo, seis crianças, de dois a quinze anos, aglomeravam-se em torno de uma jovem de traços delicados, estatura mediana, com um singelo vestido branco adornado de nós cor-de-rosa nas mangas e no corpete. Ela cortava um pão preto em fatias circulares, entregando-as alegremente a cada criança, de acordo com sua idade e seu apetite. Depois de haver estendido, por muito tempo, a mãozinha para receber o seu bocado, uma vez satisfeita, cada criança gritava: "Muito obrigado!", retirando-se, em seguida, com o seu pedaço. Umas pulando, outras sossegadamente, todas se dirigiam para a porta, para ver os recém-chegados e a carruagem que ia conduzir sua irmã Charlotte.

— Perdoe-me — disse ela — pelo trabalho de vir até aqui e esperar tanto tempo. Arrumar-me e cuidar da casa, antes de sair, fez-me esquecer da merenda das crianças, elas exigem que isso seja feito somente por mim.

Cumprimentei-a timidamente; minha alma estava inteiramente presa ao encanto do seu rosto, da sua voz, de seus trejeitos. Tive apenas tempo de me recuperar da surpresa, enquanto corria para ir buscar as luvas e o leque. As crianças me observavam à distância, olhavam de canto; avancei para o caçula, cuja fisionomia irradiava alegria, e ele recuou. Nesse instante, Charlotte apareceu e disse ao pequerrucho: "Louis, dá a mão ao nosso primo!". O pequeno obedeceu docemente, e eu não me contive em beijá-lo calorosamente, apesar do seu rostinho lambuzado.

— Primo? — disse eu à Charlotte, estendendo-lhe a mão. — Considera-me digno de pertencer à sua família?

— Oh! — respondeu ela, com um sorriso meigo. — Nós temos muitos primos afastados, e seria, para mim, um grande desgosto ter de admitir que o senhor é o pior deles.

Antes de retirar-se, Charlotte recomendou à Sophy, a mais velha das duas meninas, de quinze anos mais ou menos, que vigiasse as crianças e desse boa-noite ao pai, de sua parte, quando ele voltasse do passeio a cavalo. Recomendou às crianças que obedecessem à Sophy como a ela própria. Muitos prometeram prontamente, mas uma lourinha, de cinco a seis anos, disse, com um ar compenetrado: "Mas Sophy não é você, Charlotte; nós gostamos mais de você".

Os meninos mais velhos subiram na carruagem, e eu pedi autorização de Charlotte para que nos acompanhassem até a entrada da floresta, com a condição de se comportarem direitinho.

Mal nos instalamos, e as damas ainda não haviam acabado de trocar cumprimentos e impressões sobre os trajes, principalmente sobre os chapéus, bem como criticar, segundo a praxe, todas as pessoas convidadas, quando Charlotte pediu ao cocheiro que parasse e mandou os irmãos descerem. Estes, ainda uma vez, beijaram-lhe a mão, sendo que o mais velho o fez com toda a ternura de que se é capaz aos onze anos; o segundo, com uma vivacidade infantil. Ela lhes pediu, ainda uma vez, todo o cuidado para com os pequerruchos, e seguimos viagem.

A prima perguntou à Charlotte se já tinha terminado a leitura do livro que lhe enviara recentemente. "Não", respondeu ela; "esse livro não me agrada e vou devolvê-lo. O anterior também não me agradou." Perguntei-lhe que livros eram, e a resposta encheu-me de espanto. Achei original tudo quanto ela disse, vendo, em cada palavra, novos encantos, novos raios de inteligência iluminar sua fisionomia, que transbordava de contentamento à medida que ela se sentia compreendida por mim.

— Quando eu era mais jovem — disse-me ela —, nada me fascinava tanto como os romances. Só Deus sabe quanto eu me sentia feliz, aos domingos, recolhendo-me a um cantinho para participar, de todo o coração, da felicidade ou do infortúnio de qualquer Srta. Jenny. Não nego que esse gênero de leitura ainda me encanta; acontece, porém, que são tão raras as vezes em que posso abrir um livro, que me tornei mais exigente na escolha. O autor que eu prefiro é aquele em cujos livros eu encontre meu cotidiano e as aventuras comuns no meu círculo de relações, cuja narrativa me inspire um interesse tão nobre como o que acho na minha vida doméstica, a qual, embora não seja um paraíso, oferece-me abundante felicidade.

Esforcei-me para conter a emoção que essas palavras produziram em meu coração. Quando ela se referiu ao livro "*O vigário de Wakefield*", de Oliver Goldsmith, com tanta verdade, não me contive e disse-lhe tudo o que pensava. Depois de um tempo, quando Charlotte dirigiu-se novamente às outras duas damas, percebi que ambas, arregalando muito os olhos, tinham estado até ali inteiramente alheias à nossa conversa. A prima olhou-me jocosamente, mas não dei importância.

A conversa recaiu sobre o prazer da dança.

— Se essa paixão é um crime — disse Charlotte —, não posso ocultá-lo; para mim, não há nada melhor do que dançar. Se alguma coisa perturba a minha cabeça, toco meu piano desafinado, toco algo que me faz querer dançar, e está tudo acabado!

Enquanto ela falava, como eu me deleitei em encarar os seus olhos negros! Toda a minha alma era atraída pelos seus lábios cheios de vida, suas expressões joviais e animadas! Quantas vezes, absorvido em minha admiração pelo sentido das suas frases, sequer cheguei a ouvir as palavras que ela pronunciava! Você, que me conhece, pode imaginar tudo isso. Desci flutuando da carruagem, ao chegar no salão do baile. Estava tão absorto, sob o crepúsculo que envolvia a campanha, que mal percebi os sons musicais que chegavam até nós, vindos do casarão iluminado.

Os dois senhores, Audran e um tal N. N. (como lembrar todos esses nomes?), cavalheiros de Charlotte e da prima, receberam-nos no portão, tomaram as damas pelo braço, e eu também conduzi a minha.

Dançamos vários minuetos. Convidei algumas damas, uma após outra, e foram precisamente as menos agradáveis que não me quiseram dar a mão para finalizar. Charlotte e seu par começaram a dançar um ritmo inglês. Você consegue imaginar minha alegria quando chegou minha vez de conduzi-la? É preciso vê-la dançar com todo o coração e com toda a alma! Há tanta harmonia nela, parece tão alheia a todas as preocupações! Diria que a dança existe somente para Charlotte, e que ela não pensa e não existe senão para dançar, porque, nesse momento, nada mais lhe importa.

Convidei-a para a segunda canção, e ela me concedeu a terceira. Com a mais delicada franqueza, declarou que gosta imensamente de dança alemã.

— Aqui é de uso — prosseguiu —, os pares comprometidos por todo o baile não se separam na alemã; meu par valsa tão mal que, com certeza, irá me agradecer por lhe poupar esse sacrifício. A sua dama também não dança bem, ao passo que o senhor dança muito bem, conforme eu vi durante a inglesa. Se quiser ser meu par durante a alemã, peça licença ao meu cavalheiro, que eu farei o mesmo à sua dama.

Aceitei imediatamente a proposta e nos divertimos durante algum tempo, fazendo várias evoluções. Que movimentos delicados e precisos! No começo, flutuamos como os astros celestes, tendo havido certa confusão, porque os bons valsadores são raros. Prudentemente, deixamos que eles desistissem e, quando os mais desajeitados abandonaram o salão, nós o ocupamos até o fim, e conosco outro par: Audran e sua dama. Nunca me senti tão leve. Ter nos braços a mais bela das moças, turbilhonar com a rapidez do raio até tudo desaparecer e que... Mas, Wilhelm, para falar francamente, jurei a mim mesmo que, se amasse uma jovem e tivesse qualquer direito sobre ela, cometeria uma loucura a consentir que ela valsasse com outro, você me entende?

Caminhamos pelo casarão, dando várias voltas para tomar fôlego; em seguida, ela se sentou, e as laranjas que reservei — as únicas restantes — ela comeu com muita satisfação. Cada vez que ela era obrigada a dar um gomo para qualquer amiga, eu sentia uma punhalada no coração!

Na terceira inglesa, éramos o segundo par. Dançamos, seguindo a fila, e eu estava visivelmente capturado (só Deus sabe com que encantamento!) pelos seus braços, inundado por seus olhos, que irradiavam o mais puro e o mais sincero prazer; passamos diante de uma senhora que, dada a expressão do seu rosto, devia ter dobrado, já, a curva da primeira mocidade. Ao passar por nós, ela sorriu para Charlotte e, ameaçando-a com o dedo, pronunciou duas vezes, intencionalmente, o nome Albert.

— Se não é indiscrição, quem é esse Albert? — perguntei à Charlotte.

Ela estava prestes a me responder quando fomos interrompidos, devíamos separar-nos, a fim de formarmos a fileira de oito. Quando nos cruzamos, ela parecia pensativa.

— Por que preciso esconder? — disse-me, ela, dando-me a mão para fazer a promenade. Albert, um belo rapaz, é meu noivo faz pouco tempo.

Isso não era uma novidade para mim, pois, durante o trajeto, as outras moças tinham comentado; no entanto, parecia uma revelação, porque eu não tinha ainda ligado essa ideia à jovem, que, em pouco tempo, tornou-se tão especial. De repente, senti-me confuso e desorientado, troquei tudo e baguncei toda a dança. Charlotte, muito empenhada, restabeleceu, imediatamente, todo o ritmo.

Antes de findar a dança, os relâmpagos, que vimos por muito tempo iluminar o horizonte, tornaram-se mais frequentes, e o estrondo dos trovões abafou a música. Três damas abandonaram, precipitadamente, os seus lugares, seguidas pelos cavalheiros. A desordem generalizou-se, e a música parou. É natural que toda calamidade, todas as aflições que nos surpreendam em meio ao prazer, provoquem mais reações do que em qualquer outro momento, não só porque sentimos mais fortemente o contraste, mas também porque os nossos sentidos, já despertados à emoção, ficam muito mais impressionáveis. Foi por isso que a fisionomia das damas tomou uma expressão espantada. A mais razoável sentou-se a um canto, de costas para a janela, tapando os ouvidos. Outra se ajoelhou diante desta última, escondendo a cabeça nos seus joelhos. Uma terceira, agarrando-se às duas irmãs, pôs-se a chorar copiosamente e a beijá-las. Algumas queriam, a todo custo, voltar para casa; outras, mais assustadas ainda, sequer tiveram a necessária presença de espírito para defender-se dos parceiros mais audaciosos, que pareciam empenhados em recolher dos lábios daquelas criaturas cheias de desespero as preces que, na sua aflição, endereçavam ao céu. Muitos cavalheiros tinham descido para fumar tranquilamente o seu cachimbo; os demais aceitaram a oferta da dona da casa, que teve a excelente ideia de nos indicar um cômodo onde havia janelas bem fechadas e cortinas. Quando adentramos, Charlotte estava ocupada em arrumar as cadeiras em círculo, pedindo a todos que se sentassem.

— Nós vamos fazer o jogo da conta — advertiu Charlotte. — Atenção! Vou começar da direita para a esquerda: vocês contarão um depois do outro, somando, cada qual, o número dado pelo vizinho, mais ou menos como se faz na corrida da tocha, em que ela passa de mão em mão. Quem errar receberá um tabefe; continuaremos assim até chegar a mil.

Começou, então, uma cena muito divertida. Ela percorria o círculo, com o braço estendido. O primeiro disse um; seu vizinho, dois; o seguinte, três, e assim sucessivamente e cada vez mais rápido. Até que um dos parceiros deixou passar a sua vez e recebeu, pá!, um tabefe. O parceiro seguinte, em um ataque de riso, deixou escapar a vez e recebeu, por seu turno, pá!, outro tabefe. E foi sempre assim, aumentando de velocidade. Eu recebi, de minha parte, duas bofetadas; notei, com grande satisfação, que eram mais fortes do que aquelas que ela dera nos outros. Os risos e um estrondo generalizado puseram termo ao jogo, antes que se chegasse a mil. Formaram-se pequenos grupos isolados. A tormenta havia acabado; acompanhei Charlotte até o salão. De caminho, ela me disse:

— Os tabefes fizeram você esquecer a tempestade e o resto.

Não pude responder coisa alguma. Ela prosseguiu:

— Eu era uma das mais medrosas; mas tomei coragem fingindo coragem, para animar os outros.

Aproximamo-nos da janela. Os trovões continuavam, mas cada vez mais distantes, e uma chuva deliciosa começou a cair, era um agradável ruído; subiam até nós correntes de ar morno e carregado de um cheiro vivificante. Ela estava apoiada sobre o cotovelo, olhando a campanha; ergueu o olhar para o céu e, em seguida, para mim. Notei que seus olhos estavam banhados de lágrimas. Ela colocou a mão sobre a minha e exclamou: "Klopstock!". Lembrei-me, imediatamente, da ode magnífica em que Charlotte pensava, e me entreguei às emoções que só aquela palavra despertou em mim. Sem me conter, cobri sua mão de beijos e de lágrimas; depois, meus olhos procuraram novamente os dela... Nobre Klopstock! Você não viu a apoteose naquele olhar! Que eu não ouça, nunca mais, pronunciar o teu nome tantas vezes profanado!

19 de junho

Não sei mais em que ponto fiquei na última carta; mas sei, perfeitamente, que eram duas horas quando fui dormir e que, se pudesse conversar, em vez de lhe escrever, você ficaria acordado até o nascer do dia.

Ainda não te contei sobre a volta do baile, e hoje não tenho tempo de fazê-lo.

Que esplêndido romper de sol! A chuva refrescou todo o vale! Todos os companheiros tinham adormecido. Charlotte perguntou-me se eu não queria fazer o mesmo, dizendo-me que não me constrangesse por causa dela.

— Enquanto seus olhos estiverem abertos — respondi-lhe —, não há perigo de que eu durma.

Assim, viajamos em excelentes disposições até a sua porta. A criada nos recebeu silenciosamente e respondeu a todas as perguntas de Charlotte, informando que seu pai e as crianças estavam bem e dormiam ainda. Deixei-a, então, pedindo que me permitisse ir vê-la naquele mesmo dia. Ela consentiu, e eu voltei lá. A partir desse momento, o Sol, a Lua e as estrelas podem continuar a brilhar despretensiosamente. Não sei mais se faz dia ou noite; o Universo inteiro não existe mais para mim.

21 de junho

Meus dias de felicidade são um pedacinho de Céu. Seja qual for meu fim, fruí da mais pura alegria em vida.

Você conhece a minha Wahlheim. Instalei-me lá, a meia hora da casa de Charlotte, desfrutando, no mais íntimo de mim mesmo, todo prazer que é dado ao homem desfrutar.

Não poderia imaginar que minhas caminhadas por Wahlheim me levariam para tão perto do paraíso! Quantas vezes, ao alongar minhas excursões, no alto da montanha ou na planície dos rios, avistei aquele pavilhão de caça onde se concentra toda a minha alegria!

Meu caro Wilhelm, tantas vezes divaguei sobre a necessidade humana de explorar novidades, fazer novas descobertas, errando a aventura, e, além disso, a respeito do sentimento de comodidade em uma existência limitada, vagando por aí, sem prestar atenção no mundo ao redor...

Desde a minha chegada, tudo aqui me é atrativo.

"Ah! Se eu pudesse mergulhar nas sombras daquele pequeno bosque, lá longe! Ah! Se eu pudesse galgar o pico daquela montanha distante e de lá abarcar a região inteira! Vagar entre as colinas que se ligam e pelos vales!" Transitava sem encontrar o que buscava.

A distância se assemelha ao futuro: vasto e misterioso. Estende-se diante de nós, alma e olhos mergulham e se perdem, e, ardentemente, entregamo-nos para o mais sublime gozo. Mas, infelizmente, quando lá chegamos, vemos que nada mudou: seguimos pobres e limitados, e nossa alma permanece insaciável por uma felicidade inalcançável.

E é assim que o homem curioso e errante retorna à sua pátria, encontrando, em sua cabana, nos braços da esposa, entre os filhos e no trabalho para sustentá-los, a felicidade que, em vão, procurou na Terra inteira.

Avistando a alvorada, eis-me na minha Wahlheim; eu mesmo faço a colheita de ervilhas na horta do albergue e sento-me para descascá-las, enquanto leio o meu Homero. Depois, escolho uma panela na pequena cozinha, derreto a manteiga, ponho dentro as ervilhas e fico a remexê-las de vez em quando. Consigo até imaginar como os pretendentes de Penélope matavam, reduziam a postas e assavam, eles próprios, os bois e os porcos. Nada desperta, em mim, uma tão tranquila e sincera emoção como esses vestígios da vida patriarcal que, sem pedantismo, graças a Deus, consigo misturar à minha existência rotineira.

29 de junho

Anteontem, o médico da vila veio visitar o juiz distrital e encontrou-me estendido no chão, brincando com os irmãozinhos de Charlotte, uns passeando de gatinhos em cima de mim, outros provocando-me, e eu lhes fazendo cócegas, tudo em meio a um grande barulho. Homem dogmático, rígido como um boneco de mola, sempre a arranjar as pregas dos punhos e estufar um imenso babado de rendas, o doutor achou a minha conduta incompatível com a dignidade de um homem razoável — notei isso porque ele torceu o nariz. De modo algum isso me perturbou; deixei que discorresse, muito judiciosamente, a respeito de vários assuntos, ocupando-me em reerguer o castelo de cartas que os garotos haviam derrubado. Em seu giro pela vila, o doutor espalhou que Werther terminava de estragar crianças suficientemente mal-educadas.

Sim, meu caro Wilhelm, não há nada no mundo que me interesse tanto como as crianças. Quando as observo, noto, nesses pequenos seres, a semente de todas as virtudes, de todos os conhecimentos que um dia serão tão necessários: na sua teimosia, vislumbro a persistência; nas suas garotices, o bom humor que lhes fará vencer facilmente os perigos deste mundo. E tudo isso de modo tão puro, tão inocente! Sempre e sempre, eu evoco estas palavras de ouro do Mestre da humanidade: "se não vos tornardes como estes..."! Pois bem, meu amigo, as crianças são nossos semelhantes, deveriam ser exemplos, nós as tratamos como nossos subordinados! Queremos que elas não tenham vontade própria! E nós não a temos? Sobre que se apoiam os nossos privilégios? No fato, apenas, de sermos mais velhos e mais experientes? Deus, das alturas do céu, fita velhas crianças e crianças jovens, nada além disso, e, faz muito tempo, seu santo filho nos alertou sobre quem são os mais agradáveis. Mas os homens, embora creiam em Deus, não o escutam e continuam a subjugar os pequeninos... Melhor parar por aqui.

Adeus, Wilhelm, não desejo delirar mais do que já delirei.

1 de julho

O conforto que Charlotte traz para um enfermo é o mesmo refrigério que alivia meu coração, que sofre — mais do que um pobre doente, em sua ausência.

Ela irá passar alguns dias na cidade, hospedada na casa de uma boa mulher que se aproxima do seu fim, ao que dizem os médicos, e deseja tê-la junto de si nos últimos momentos. Na semana passada, fui com ela até a casa do pastor, localizada em uma pequena aldeia situada na montanha, a uma légua daqui. Chegamos lá às dezesseis horas. Charlotte levou consigo a menorzinha das irmãs. Quando adentramos o pátio do presbitério, ensombrado de enormes nogueiras, o bondoso velhote estava sentado num banco de pedra, em frente à porta. Ao perceber a presença de Charlotte, animou-se e foi ao seu encontro, esquecendo-se de sua bengala. Ela correu para ele, obrigou-o a sentar-se de novo, tomou um lugar a seu lado, fazendo-lhe mil recomendações da parte do pai, e pôs-se a acariciar o filho mais novo do pastor, um pequeno todo sujinho — o Benjamim da sua velhice.

Você precisava ver a forma como Charlotte tratava o velho pastor, o tom de voz mais alto para que ele escutasse; contava sobre a morte prematura de alguns jovens saudáveis; elogiava a vontade do ancião em visitar as águas de Carlsbad; e que ele parecia melhor agora do que da última vez. Durante esse tempo, eu conversava com a esposa do pastor. As nogueiras ganhavam minha admiração, o velho, cheio de animação, pôs-se a contar-nos a sua história, embora arrastasse um pouco a língua, com dificuldade. "Quanto à mais velha", disse-nos, "não sabemos quem a plantou; afirmam uns que foi tal pastor, outros que foi tal outro. Aquela lá, mais nova, tem a idade da minha mulher; vai fazer cinquenta anos em outubro. Seu pai plantou-a pela manhã, e minha mulher nasceu na tarde do mesmo dia. Meu sogro me precedeu nesta paróquia; ele adorava estas árvores, e decerto elas não são para mim menos caras. Minha mulher estava tricotando à sua sombra, sentada num barrote, quando eu, estudante pobre, entrei pela primeira vez neste pátio, há 27 anos."

Charlotte perguntou-lhe sobre a filha; soube que ela tinha ido com o Sr. Schmidt ver os trabalhadores no campo. E o velho, retomando a sua narração, contou-nos como o seu predecessor e a filha gostavam dele; como se tornara pastor-adjunto, depois seu sucessor.

Mal havia terminado a história, vimos chegar, pelo jardim, a filha do pastor, acompanhada do tal Sr. Schmidt. Ela abraçou Charlotte — e devo dizer que essa criatura não me desagradou. É uma morena perspicaz e bela; durante esses momentos de campo, a sua camaradagem agradou-me bastante. Seu apaixonado — porque os modos do Sr. Schmidt o denunciavam — é um homem educado, mas de poucas palavras. Não quis participar da conversa, apesar dos esforços reiterados de Charlotte. Detestei seu jeito, sobretudo quando percebi, pelo seu jogo fisionômico, que ele é pouco comunicativo, mais por esquisitice e mau humor do que por mediocridade de espírito. Isso se confirmou em seguida. Fomos dar um giro e, como Frederica se juntou à Charlotte, com quem eu caminhava lado a lado, embora eu estivesse conversando de forma entusiasmada com Frederica, Sr. Schmidt estava ainda mais soturno; era tão perceptível que Charlotte me cutucou discretamente... Ora, nada me aborrece mais do que ver as pessoas atormentarem umas às outras; e, sobretudo, os jovens, em plena flor da idade, quando poderiam viver os melhores dias de suas vidas, mas preferem estragá-los. Senti um vivo desgosto quando, ao entardecer, retornamos ao pátio do presbitério para lanchar, e a conversa incidiu sobre as alegrias e as tristezas do mundo; não me contive e aproveitei a ocasião para dizer tudo quanto transbordava dentro de mim contra o mau humor:

— Nós lamentamos com frequência que haja tão poucos dias felizes e tantos dias infelizes; e isso, ao que me parece, é um erro. Se nosso coração estivesse sempre disposto a fruir, sem ideias preconcebidas, as esperanças que Deus nos concede a cada dia, teríamos, também, força para suportar os maus dias, quando eles nos chegam.

A mulher do pastor interveio:

— Mas nós não somos donos da nossa disposição moral, que depende tanto da disposição do corpo! Quando a gente sofre, não se encontra alegria em parte alguma.

Concordei e prossegui:

— Se é assim, consideremos o mau humor como uma doença e perguntemos se não há remédio para essa doença.

Charlotte acrescentou:

— Muito bem! Creio, pelo menos, que a gente pode fazer muito a esse respeito. Sei por experiência própria: quando alguma coisa me contraria e fico com vontade de aborrecer-me, saio para passear no jardim, cantando qualquer compasso de dança; e tudo passa logo.

Retomei a palavra:

— Pois é o que eu queria dizer; o mau humor é uma espécie de preguiça. Somos muito inclinados à preguiça; entretanto, basta que tenhamos coragem de fazer um grande esforço: o trabalho caminha logo facilmente e encontramos, na ação, um verdadeiro prazer.

Frederica ouvia atentamente. O rapaz contestou, disse que não se pode dominar, muito menos dirigir os próprios sentimentos.

Disse-lhe:

— Falo de sentimentos desagradáveis contra os quais, com certeza, qualquer pessoa pode facilmente livrar-se, porque ninguém sabe até onde vão suas forças, uma vez que ainda não as submeteu à prova. Um enfermo que deseja intensamente recuperar a saúde consulta todos os médicos, um após outro, não repudiando toda sorte de privações e as drogas mais intragáveis.

Notei que o ancião tinha os ouvidos atentos para tomar parte na conversa; a ele me dirigi diretamente, elevando o tom de voz:

— Prega-se contra crimes e vícios; no entanto, que eu saiba, nenhum pregador tomou como tema o mau humor.

— Isso é para os pregadores das cidades — respondeu-me ele —, os campônios não conhecem o mau humor. Embora isso possa ser útil para dar uma lição à esposa do pastor e ao senhor juiz distrital.

Todos desataram a rir, e o pastor também riu com todas as forças, até ser acometido por um acesso de tosse, que interrompeu, por algum tempo, a nossa palestra. Em seguida, o rapaz tomou a palavra:

— Vocês acham que o mau humor é um vício. Isso não é um exagero?

— De maneira alguma — repliquei. O mau humor nos torna nocivos e afeta a todos que estão próximos. É impossível ser feliz? É necessário estragar o dia dos que estão ao seu redor? Aponte-me um homem que, estando de mau humor, tenha a coragem de sofrer sozinho, sem perturbar a alegria dos que o cercam? O mau humor revela nossa própria insuficiência, um descontentamento em relação a nós mesmos, misturado com a inveja incitando uma vaidade idiota. Quando vemos algumas pessoas felizes, sem nossa participação em tal sentimento, essa felicidade nos é insuportável.

Vendo com que emoção eu falava, Charlotte me olhou e sorriu. Uma lágrima nos olhos de Frederica animou-me a prosseguir:

— Quão miserável é aquele que usa da própria influência para silenciar as alegrias espontâneas de um coração gentil. Todas as dádivas, todas as gentilezas deste mundo não compensam um só dos instantes em que possamos ser felizes por nós mesmos, se esses instantes forem envenenados pelo despeito de um tirano ciumento.

Meu coração transbordou naquele momento, tantas eram as lembranças do passado que me oprimiam a alma, de sorte que as lágrimas me vieram aos olhos:

— Se disséssemos a nós mesmos, cada dia: "só posso fazer uma coisa àqueles a quem amo: deixar-lhes as alegrias que possuem e aumentar a sua felicidade, participando dessas mesmas alegrias!". Se pudesse garantir uma só gota de bálsamo à alma torturada pela paixão, roída pela tristeza em seu íntimo, quando um sofrimento incurável tomar as esperanças da pessoa amada, quando seus olhos sem brilho estiverem inclinados para o céu, e a morte estiver estampada em seu rosto, e, se está ao lado desse leito de morte, sem nada poder fazer para salvá-la, toda sorte de pensamentos ruins e culpa se apoderam dos pensamentos.

Ao pronunciar essas palavras, a lembrança de uma cena semelhante, à qual assisti, tomou-me, levei o lenço aos olhos e afastei-me. Só dei conta de mim quando ouvi a voz de Charlotte chamando-me para irmos embora. Na volta, ela me censurou o interesse apaixonado que tomo por todas as coisas e que acabará — disse — por me consumir! Disse, muitas vezes, que eu deveria me poupar. Anjo, farei por tua causa!

6 de julho

Ela continua acompanhando sua amiga doente, permanece a mais linda e encantadora das criaturas, alegrando todos ao seu redor... Ontem, à tarde, ela foi passear acompanhada das irmãs. Eu estava avisado e fui ao encontro delas. Depois de caminhar uma hora e meia, voltamos à vila e passamos pela fonte que tanto adoro — e agora mil vezes mais. Charlotte sentou-se sobre a pequena muralha; ficamos de pé na frente dela. Lancei os olhos em torno do lugar e revi o tempo em que vivia completamente só.

— Fonte querida — disse eu —, há quanto tempo não repouso por aqui; por mais de uma vez, mesmo, passei sem te olhar!

Olhando para baixo, vi que Jane, uma das irmãs, subia as escadas segurando um copo de água. Contemplei Charlotte e senti tudo o que ela é para mim. Neste meio-tempo, Jane chegava com o seu copo, e Marianne quis agarrá-lo.

— Não! — gritou a criança, com a mais encantadora expressão. — Não! Charlotte é quem beberá primeiro!

Arrebatado pela sinceridade e bondade que ela transmitiu com essas palavras, só soube exprimir o que senti erguendo-a do chão e beijando-a freneticamente. Ela desandou a gritar e a chorar.

— Você fez mal — disse-me Charlotte. Fiquei pasmado.

E, tomando a pequena pela mão e fazendo-a descer a escada, Charlotte continuou:

— Venha, Jane; venha lavar-se nesta água fresca. Depressa, vamos, que isso não é nada.

Fiquei a olhar a pequerrucha, que esfregava as bochechinhas (com uma fé absoluta na maravilhosa virtude da fonte para apagar toda e qualquer mancha e preservá-la da vergonha de ver nascer uma horrenda barba!). Charlotte achou bom dizer: "Chega!", mas a garota continuava lavando-se, convencida de que a quantidade valia mais do que a qualidade. Afirmo-lhe, meu caro Wilhelm, que nunca assisti com tanto respeito a um batismo! E, quando Charlotte subiu, tive vontade de prostrar-me diante dela como diante de um profeta sagrado.

À noite, com o coração cheio de contentamento, não pude deixar de contar o caso a um homem que julguei inteligente e capaz de apreciar esses traços de humana ingenuidade. Não há dúvida de que estava certo sobre o rapaz. Ele começou por dizer que Charlotte cometeu um erro, pois não se deve enganar as crianças; que histórias dessa espécie dão lugar a uma infinidade de superstições contra as quais a gente deve pô-las de sobreaviso. Lembrei-me de que esse homem, oito dias antes, batizou um dos filhos. Pus de lado, pois, as suas opiniões e permaneço fiel a esta verdade: devemos proceder com as crianças como Deus procede conosco — somos mais felizes quando tomados pelas inocentes ilusões.

8 de julho

Como somos crianças, ávidos por um olhar! Ah! Como a gente é criança! Tínhamos ido a Wahlheim, os cavalheiros a pé, as damas de carruagem. Durante a jornada, creio ter visto nos olhos negros de Charlotte... Perdoe-me, que eu estou louco, mas eu queria que você visse aqueles olhos! Para ser breve — pois estou morrendo de sono —, imagine que, quando elas subiram, permanecemos todos de pé, em torno da carruagem, o jovem W. Seldstadt, Andran e eu. Elas conversavam através da portinhola com esses mocinhos que, sendo bem honesto, mostravam-se muito frívolos e volúveis. Eu buscava os olhos de Charlotte, mas, ai de mim, eles iam de um lado para outro, sem pousar em mim, que ali estava sem outro pensamento que não fosse para ela. Meu coração mil vezes lhe repetia adeus, e ela não me via!

A carruagem partiu e uma lágrima rolou nos meus olhos. Segui-a com o olhar, vi a cabeleira de Charlotte precipitar-se fora da portinhola, vi que ela se voltava para olhar. Seria para mim? Meu caro Wilhelm, flutuo nessa incerteza, e a consolação única é dizer a mim mesmo: "Talvez ela tenha se voltado para me olhar!"... Talvez!

Boa noite! Ah! Como eu sou criança!

10 de julho

Pareço um bobo quando se fala dela numa roda! Você precisava ver! E, melhor, quando me perguntam se ela me agrada... Agradar!? Tenho por essa palavra um ódio mortal! Pode chamar-se homem aquele a quem Charlotte não agradar, e cujos sentidos, cujo coração não forem logo dominados por ela. Agradar! Alguém me perguntou, outro dia, se Ossian me agradava!

11 de julho

A senhora M. está muito mal; rezo pela sua vida, porque sofro com Charlotte. Vejo-a, mas muito raramente, na casa de uma amiga. Hoje, ela me contou um fato estranho: o velho M. é um homem incrível, de uma avareza sórdida, tendo tornado a vida terrivelmente dura para a sua esposa, recusando-lhe o necessário. Apesar disso, ela sempre achou meios de prover à família. Há dias, quando o médico a desenganou, ela mandou chamar o marido, em presença de Charlotte, e disse-lhe: "É preciso que confesse a você uma coisa que poderá, depois da minha morte, causar embaraços e aborrecimentos. Até aqui, governei a casa com a ordem e a economia que me foram possíveis; mas há de perdoar-me por tê-lo enganado durante trinta anos. No começo do nosso casamento, você fixou uma soma muito módica para todas as despesas. Quando nosso trem de vida aumentou, pois as nossas propriedades cresceram, não me foi possível convencer você a aumentar, na mesma proporção, o que continuou a entregar-me todas as semanas: numa palavra, você sabe que exigiu de mim que bancasse as despesas, já consideráveis, com sete florins por semana. Eu os recebia sem reclamar; cada semana, porém, eu mesma tirava dinheiro sem seu consentimento, porque ninguém ia suspeitar que sua mulher fosse capaz de roubar a sua própria caixa. Não esbanjei coisa alguma. Podia entrar, confiante, na eternidade sem haver contado a você esse fato, mas aquela que me deverá substituir talvez não se saia bem, e você é capaz de teimar que a sua primeira mulher se arranjou sempre, perfeitamente, com essa soma".

Conversamos, eu e Charlotte, a respeito da incrível cegueira do espírito humano, fazendo com que um homem de nada suspeite vendo sete florins bastarem para cobrir despesas que, evidentemente, montam ao dobro. Mas eu mesmo conheço muita gente que admitiria, sem espanto, a renovação, em sua própria casa, do milagre do inesgotável pote de azeite do profeta.

13 de julho

Não, eu não me engano! Li nos seus olhos negros um verdadeiro interesse por mim e pela minha sorte. Sim, eu sinto que meu coração pode crer que ela... Poderei pronunciar essas palavras que resumem o paraíso? Eu sinto que ela me ama!

Ela me ama! E quanto eu me valorizo a meus próprios olhos, quanto eu adoro a mim mesmo, porque ela me ama!

Será presunção? Será o sentimento do meu verdadeiro estado? Não conheço homem nenhum de quem possa temer qualquer interferência capaz de diminuir-me no coração de Charlotte. E, no entanto, quando ela fala do seu noivo, com tanto calor e afeto, é como se eu fosse um homem despojado de todas as honrarias e dignidades, do qual retiraram a própria espada.

16 de julho

Que sensação se comunica a todo o meu ser quando, por acaso, meu dedo toca no seu, ou nossos pés se encontram embaixo da mesa! Retiro-os como se tivesse tocado o fogo, e uma força secreta impulsiona-me de novo... a vertigem arrebata os meus sentidos! E dizer que sua alma pura não sabe o suplício que me infligem essas pequenas familiaridades! E quando, animados pela conversa, ela pousa sua mão sobre a minha e, mais arrebatados ainda pelas palavras, ela se aproxima tanto de mim que eu chego a experimentar seu hálito celestial junto dos meus lábios... então, parece que vou desaparecer como que ferido pelo raio... E, Wilhelm, como explicar essa pureza e confiança, se eu jamais ousei... você me compreende. Não, meu coração não é assim tão corrompido! Ele é fraco, sim, bem fraco! E isso já não é a corrupção?

Ela é sagrada para mim. Todo desejo emudece em sua presença. Não sei o que sinto quando estou junto dela; é como se toda a minha alma estivesse subvertida. Há uma melodia que ela toca no piano, com o poder mágico de um anjo, e com tanta simplicidade, tanta alma! É a sua canção predileta. Quando ela fere a primeira nota, sinto-me curado de todo o sofrimento, da confusão das minhas ideias e fantasias.

Nada do que os antigos contam sobre o poder sobrenatural da música me parece inverossímil. Como esse pequeno canto toma conta de mim! Quando estou prestes a suicidar-me, ela canta aquela melodia. Toda a escuridão e todo o delírio se dissipam, e eu me calmo.

18 de julho

Wilhelm, que seria, para o nosso coração, o mundo inteiro sem amor? O mesmo que uma lanterna mágica apagada! Assim que a gente coloca aí uma lâmpada, imagens de todas as cores se projetam na tela branca. E, quando fosse apenas isso, fantasmas efêmeros, nós encontramos a felicidade postando-nos diante deles, como as crianças se extasiam ao contemplar aquelas aparições maravilhosas!

Hoje fiquei preso em uma reunião a que não podia faltar, não fui à casa de Charlotte. Mandei lá o meu criado, apenas para ter junto de mim alguém que tivesse se aproximado dela. Esperei impacientemente e, com alegria, recebi-o de volta. Deu-me vontade de beijá-lo, mas tive vergonha.

Conta-se que a pedra de Bolonha, quando exposta ao sol, atrai os raios e fica por algum tempo luminosa durante a noite. Pareceu-me haver acontecido o mesmo com o meu criado. Só o pensar que os olhos de Charlotte tinham pousado em seu rosto, nas suas faces, nos botões da sua libré, no seu colete... fez com que ele se tornasse para mim tão precioso, tão sagrado! Naquele momento, eu não daria o meu criado por mil moedas. Eu me sentia tão feliz junto dele! Que Deus não deixe você rir-se de tudo isto! Wilhelm, não são as ilusões que nos tornam felizes?

19 de julho

Vou vê-la! Foi essa a minha primeira exclamação desta manhã, quando me levantei e meus olhos procuraram alegremente o sol. "Vou vê-la!" E, durante o dia inteiro, não tive outro desejo. Tudo, tudo foi absorvido por essa perspectiva.

20 de julho

Não me convenci ainda da ideia de acompanhar o embaixador. Jamais gostei da subordinação; além do desconforto de estar na presença de um homem tão desagradável. Segundo diz você, minha mãe deseja que eu me ocupe de alguma coisa; isso me fez rir. Não estou eu, então, ocupado neste momento? Seja em contar grãos de ervilhas, ou lentilhas, no fundo não é a mesma coisa? Tudo neste mundo leva às mesmas mesquinharias; e aquele que, para agradar aos outros, e não por paixão ou necessidade pessoal, esgota-se no trabalho para ganhar dinheiro, honrarias, ou o que quer que seja, aquele que agir desse modo, digam o que disserem, é um louco.

24 de julho

Você insiste tanto para que eu cuide do meu viés artístico, que bem desejava não tocar nesse assunto, para evitar dizer-lhe que desenhei muito pouco nestes últimos tempos.

Jamais fui tão feliz, nunca o sentimento da natureza, estendendo-se de uma pequena pedra à ervilha mais ínfima, foi em mim completo e tão profundo; no entanto... não sei como dizer tudo isso... minha faculdade de expressão é tão fraca, tudo flutua e vacila de tal modo, diante de mim, que não posso traçar nenhum contorno. Creio que, se trabalhasse a argila, ou a cera, talvez conseguisse transmitir o que tenho no espírito.

Se essa sensação continuar, irei me dedicar à argila, mesmo que somente a amasse.

Três vezes comecei o retrato de Charlotte, três vezes fiquei envergonhado. Isso me irritou ainda mais, pois, até pouco tempo atrás, eu me sentia muito alegre em desenhar. Desenhei, novamente, a silhueta dela. Espero que me baste.

25 de julho

Sim, querida Charlotte, ocuparei-me de todas as suas responsabilidades, darei todos os seus recados; não tema enviar-me novas incumbências, sempre e sempre! Peço-te somente uma coisa: não ponha muita areia para secar a tinta dos bilhetes que me escrever. O de hoje... levei-o tão vivamente aos lábios que a areia ainda estala nos meus dentes.

26 de julho

Tomei, já, várias vezes, a decisão de não ir vê-la com tanta frequência. Sim, mas como resistir? Cada dia sucumbo à tentação e faço a mim mesmo este juramento: "Amanhã, você ficará em casa". Quando chega o dia seguinte, sempre encontro qualquer motivo imperioso para ir até ela e só caio na real quando já estou junto dela. Ou, então, é ela quem diz, à noite: "Você virá amanhã, não?". E quem pode resistir a isso? Ou, ainda, é ela quem me incumbe de um recado, e julgo conveniente levar-lhe, pessoalmente, a resposta. Ou ainda isto: vou a Wahlheim, que fica a meia hora da casa dela, sinto-me muito perto da sua atmosfera e, subitamente, estou ao seu lado!

Minha avó sabia o conto da montanha de ímã: os navios que se aproximassem muito perdiam todas as suas ferramentas, todos os seus pregos, precipitando-se contra ela, e os infortunados marinheiros eram esmagados pelas planchas, que se desmantelavam umas sobre as outras.

30 de julho

Albert voltou, e eu quero partir. Quando ele for o melhor, o mais nobre dos homens, de maneira que eu me reconheça inferior a ele sob todos os pontos de vista, ainda assim não suportarei vê-lo, com os meus próprios olhos, possuidor de tantas perfeições... Possuidor! Wilhelm, isto é bastante: o noivo está aqui. É um homem excelente, amável, não se pode deixar de estimá-lo. Felizmente não assisti à sua chegada; isso teria dilacerado o meu coração. Quanto ao mais, é tão honesto que ainda não beijou Charlotte em minha presença, uma única vez. Que Deus o recompense por isso! Sou forçado a estimá-lo pelo respeito que tem por Charlotte. Mostra-se atencioso comigo, e eu desconfio de que isso se deve muito a ela, porque as mulheres são admiráveis nesse ponto, e com razão. Quando elas conseguem fazer com que vivam em boa paz dois adoradores, a vantagem é só para elas; mas isso raramente acontece.

Todavia, não posso recusar minha estima a Albert. Sua calma exterior contrasta com o meu caráter inquieto, que não posso ocultar. Ele é bastante sensível e sabe que Charlotte vale ouro. Parece pouco sujeito ao mau humor — de todos os defeitos do gênero humano, o que mais odeio.

Albert me considera um homem inteligente e sensato, e a minha atração por Charlotte, o extremo prazer que encontro em tudo o que ela faz, realçam o seu triunfo, isso aumenta o seu amor por ela. Não procuro saber se ele se sente enciumado; pelo menos, em seu lugar, eu não estaria livre dos ataques desse demônio.

Seja como for, meu tempo com Charlotte parece estar no fim. Chamo isso de loucura ou paixão? O que significam tais palavras?

Antes de Albert chegar, eu já sabia tudo o que sei agora: não posso alimentar qualquer pretensão a respeito dela, e não tinha nenhuma, pelo menos até o ponto em que é possível não desejar nada diante de tantos prazeres. No entanto, o imbecil que eu me tornei arregala os olhos porque o outro chegou para arrebatar a sua bem-amada!

Eu me irrito profundamente com aqueles que dizem que devo resignar-me e superar. Sei perfeitamente que não posso mudar nada. Que me deixem em paz!

Corro de um lado para outro, dentro do bosque; depois, quando chego à casa de Charlotte e encontro Albert sentado junto dela sob o caramanchão do pequeno jardim e não suporto a cena, toda a elegância se esvai, digo mil maluquices, mil extravagâncias.

— Pelo amor de Deus — disse-me, hoje, Charlotte —, nada de cenas como aquela de ontem à tarde, eu imploro! Você me mete medo quando fica tão agitado!

Espero o momento em que ele está ocupado e sigo rapidamente para lá, sentindo, apesar de tudo, uma grande felicidade quando a encontro sozinha.

8 de agosto

Meu caro Wilhelm, não me referi a você quando disse que acho intoleráveis as pessoas que exigem de nós resignação diante do irremediável. Na verdade, não pensei que você fosse da mesma opinião. Mas, no fundo, você está certo. Farei uma única objeção, meu amigo: raramente as coisas neste mundo oferecem alternativas tão definidas; os próprios sentimentos e as próprias maneiras de agir apresentam nuances, como as gradações entre um nariz pontudo e um nariz chato.

Não estranhe, pois, se, embora reconhecendo a sensatez do seu argumento, eu procure escapar às pontas do dilema. Eis o que você me disse:

"Ou você tem alguma esperança de conquistar Charlotte, ou não tem. Assim, no primeiro caso, faça todo o esforço para realizar essa esperança e chegar ao cumprimento dos seus votos; no segundo, tome uma resolução viril, procurando livrar-se de um sentimento doloroso que consumirá, inevitavelmente, todas as suas forças." Meu caro amigo, isso está muito bem colocado e muito oportunamente dito.

Pode-se, por acaso, exigir de um desgraçado, cuja vida se extingue pouco a pouco sob a ação surda e lenta, mas irresistível, da doença, que ponha fim imediato aos seus sofrimentos com um golpe de punhal? O mal que consome as suas forças não lhe retira, ao mesmo tempo, a coragem de suicidar-se?

É certo que você poderá responder-me por uma comparação análoga: "Quem não prefere cortar o braço a arriscar a vida, só por medo e hesitação?". Nada sei, não vale a pena comparar. Basta! Sim, Wilhelm, sinto, em certos momentos, a coragem de atirar fora o fardo que me esmaga, e mais: se eu soubesse apenas para onde ir, iria imediatamente.

Noite

Meu diário, que pus de lado durante algum tempo, caiu-me hoje às mãos. Fiquei perplexo ao verificar que foi conscientemente que avancei, passo a passo, por este caminho; que vi sempre claramente a minha situação e nada fiz para mudá-la, agi como uma criança. Vejo claramente o que está acontecendo, mas ainda não penso em ser mais prudente.

10 de agosto

Eu poderia levar a vida mais agradável e feliz, se não fosse um insensato. Raramente se associam circunstâncias tão favoráveis, tão bem combinadas, para encher de júbilo a alma humana, como aquelas em que me encontro neste momento. É do nosso próprio coração que depende a felicidade. Fazer parte da mais encantadora das famílias; amado pelo velho pai como um filho, pelos filhos como um pai; amado por Charlotte e por esse excelente Albert, que não perturba nunca a minha felicidade com um capricho, com uma falta de atenção, envolvendo-me numa amizade tão sincera que, depois de Charlotte, não creio que estime a mais ninguém tanto quanto me estima! Wilhelm, como nós nos entendemos, passeando juntos e conversando a respeito de Charlotte! Nunca se imaginou nada mais ridículo do que esta situação; no entanto, as lágrimas nos vêm muitas vezes aos olhos.

Quando ele me fala da mãe de Charlotte e conta como, em seu leito de morte, confiou os cuidados da sua casa e das suas crianças à filha; como, a partir desse momento, Charlotte animou-se e tornou-se, por vontade própria, dona de casa e uma verdadeira mãe; como não houve mais um só minuto, do seu tempo, que não o consagrasse a um carinho, a algum trabalho pelos seus irmãos, sem perder, entretanto, a alegria e o humor fácil! Sigo a seu lado, colhendo flores à beira do caminho, componho com elas, cuidadosamente, um buquê e, depois, atiro tudo dentro do rio enquanto é levado pelas águas.

Não sei se escrevi a você dizendo que Albert deverá permanecer aqui e vai obter do tribunal, onde é muito estimado, um ótimo lugar. Não conheço quem se lhe compare em tamanha dedicação ao trabalho.

12 de agosto

Certamente, Albert é o melhor homem que existe na Terra. Tive ontem, com ele, uma cena bem singular: fui despedir-me dele, porque me veio vontade de fazer uma excursão a cavalo pela montanha, de onde lhe escrevo neste momento. Passeando pelo quarto, descobri as suas pistolas.

— Você vai emprestar-me estas pistolas para a viagem — disse-lhe eu.

— Concordo — respondeu Albert —, com a condição de que você se dará ao trabalho de carregá-las. Conservo-as aqui só como ornamento.

Tirei uma do gancho, enquanto ele prosseguia:

— Depois de um ato de cautela, que provocou um desastre, mantenho-me longe desses objetos.

Mostrei-me curioso, e ele contou a história:

— Durante uma estada de três meses no campo, na casa de um amigo, pelo fato de ter um par de pistolas, embora descarregadas, eu dormia tranquilo. Por uma tarde chuvosa, como estivesse ocioso, não sei por que me veio ao espírito esta ideia: nós podemos ser atacados e necessitar destas pistolas, nós podemos... Bem, você sabe como é. Entreguei-as, então, ao meu criado para limpá-las e carregá-las, e ele, brincando com as criadas, quis amedrontá-las... Só Deus sabe como aconteceu... A pistola disparou, e a vareta que estava dentro do cano feriu a mão direita de uma das criadas, à altura do pulso. Tive de suportar as lamentações e pagar o tratamento, que foi muitíssimo caro. Desde então, não guardo mais nenhuma arma carregada. Meu caro amigo, de que valem as precauções? Não se preveem todos os perigos possíveis! É verdade que...

Ora, você sabe que eu gosto imenso de Albert, salvo quando ele começa com os seus "É verdade que...". Não sabemos que, para toda regra, há exceção? Mas aquele homem é tão apaixonado pela justiça que, quando acredita haver falado com muita precipitação, ou generalizado em excesso, ou enunciado uma meia-verdade, não se cansa de pontuar todos os mínimos aspectos e minuciosidades, até que, enfim, não reste mais nada.

Naquele momento, ele aprofundou longamente o seu tema; acabei por não o escutar mais, entrei em meus devaneios. De repente, com um gesto brusco que atraiu a sua atenção, apontei o cano da pistola para o rosto, abaixo do olho direito.

— Então! — exclamou Albert, abaixando a pistola. — Que quer dizer isto?

— Não está carregada — respondi-lhe.

— E, mesmo assim, que é que significa isto? — replicou ele com impaciência. — Não posso imaginar como um homem seja bastante insensato para estourar os miolos; esta única ideia me provoca repulsa.

— Por que é que os homens — gritei — não podem falar de uma coisa sem logo declarar: "Isto é insensato, aquilo é razoável, aquilo é bom, isso aí é mau"? De que servem todas essas palavras? Você já conseguiu, graças a elas, penetrar as circunstâncias ocultas de uma ação? Sabe destrinçar, com rigorosa certeza, as causas que a produzem, que a tornaram inevitável? Se assim fosse, não enunciaria com tanta rapidez os seus julgamentos.

Albert replicou-me:

— Você há de concordar comigo que certas ações são sempre criminosas, qualquer que seja a motivação.

Dei de ombros e acrescentei:

— Meu caro, ainda nesse ponto há exceções. É verdade que o roubo é um crime; mas o homem que se torna ladrão para salvar-se e salvar os seus de morrer de fome merece a compaixão ou o castigo? Quem atirará a primeira pedra no esposo que, numa explosão de raiva, mata a esposa infiel e o infame sedutor; na jovem que, num momento de vertigem, abandona-se à ebriedade irresistível do amor? Nossos próprios juízes, esses pedantes de coração gelado, comovem-se e são capazes de suspender o julgamento.

— O caso aqui é completamente diverso — disse Albert — porque o homem, arrebatado pelas suas paixões, perde sua capacidade de raciocínio e deve ser considerado um louco.

— Oh! Essa gente razoável! — exclamei eu, sorrindo. — Paixão! Embriaguez! Loucura! E vocês se conservam tão calmos, tão indiferentes, vocês, os homens da moral! Esmurram o bêbado, repelem o louco, cheios de asco, e passam adiante, como o sacrificador, agradecendo a Deus, como o fariseu, por não haver feito vocês iguais a um desses desgraçados! Tenho me embriagado mais de uma vez, as minhas paixões sempre beiram a loucura, e disso não me arrependo, porque só assim cheguei a compreender, em certa medida, a razão por que, em todos os tempos, sempre foram tratados como ébrios e como loucos os homens extraordinários que realizaram grandes coisas. Também na vida comum não é intolerável ouvir alguém ser tirado como um louco ou bêbado após praticar um ato nobre e intrépido? Que vergonha, homens sensatos!

— Ainda as suas utopias! — disse Albert. — Você exagera tudo! Desta vez, sem contradição possível, você enganou-se, pelo menos em comparar o suicídio, que é o assunto em foco, com as grandes ações, quando não se pode considerá-lo senão uma fraqueza. Decerto, é muito mais fácil morrer do que suportar, com constância, uma vida de tormentos.

Estive a ponto de estourar, porque não há argumento que tanto me faça perder a cabeça como um insignificante lugar-comum que me citam quando falo com toda a alma. Entretanto, contive-me, cansado de ouvir essa banalidade, que já me aborreceu por mais de uma vez; mas respondi com alguma vivacidade:

— Você chama a isso fraqueza? Peço-lhe, não se deixe levar pelas aparências! Um povo que geme sob o jugo de um tirano, você ousará acusá-lo de fraqueza se ele explode e rompe, afinal, suas correntes? O homem que, tomado de espanto diante da sua casa incendiada, apela para todas as suas forças e transporta facilmente cargas que, de sangue-frio, mal poderia empurrar; estouro que, no auge do furor que lhe cause uma ofensa, mede-se com seis adversários e vence-os, você dirá que são fracos? Muito bem, meu amigo, se um esforço considerável é uma prova de força, por que um esforço alucinado, febricitante, seria o contrário?

Albert encarou-me e disse:

— Não se aborreça, mas os exemplos que você acaba de citar não me parecem adequados.

— Não importa — respondi eu —, já me censuraram mais de uma vez pela forma como penso. Vejamos, então, se, de outra maneira, poderemos fazer ideia daquilo que se passa no espírito de um homem, quando resolve aliviar o próprio fardo, de ordinário agradável, da vida, porque só podemos falar de sentimentos que nós entendemos bem.

— A natureza humana — prossegui — é limitada: ela suporta a alegria, a tristeza, a dor, até certo ponto; se o ultrapassar, sucumbirá. A questão não é saber, pois, se um homem é forte ou fraco, mas se pode aturar a medida de sofrimento, moral ou físico, não importa, que lhe é imposta. Nesse caso, acho tão absurdo dizer que um homem é covarde por haver dado cabo da própria vida, como seria absurdo chamar de covarde o que morre de uma febre maligna.

— Isso é um paradoxo, um verdadeiro paradoxo! — exclamou Albert.

Repliquei-lhe:

— Não tanto como você supõe. Você há de convir que nós chamamos doença mortal a que esgota o organismo de tal modo que as forças ficam, em parte, consumidas e, em parte, incapazes de agir; assim, o organismo não poderá mais reerguer-se, e, por uma reação favorável, restabelecer o curso ordinário da vida. Pois bem, meu amigo, apliquemos essa verificação ao espírito. Considere quanto o espírito do homem é limitado e como as ideias nele se fixam até que, atingindo o grau da paixão, retiram-lhe completamente a calma, a reflexão, e o levam à perdição total. Não adianta que o homem razoável e de sangue-frio se compenetre da situação do desgraçado e o exorte; seria o mesmo que um homem robusto, junto do leito de um enfermo, tentar transmitir-lhe uma parcela, mínima que seja, do seu vigor.

Como Albert considerou que eu falava de um modo muito genérico, lembrei-lhe a história recente de uma jovem que encontraram afogada:

— Era uma boa e doce criatura, que crescera no círculo das suas ocupações domésticas, fazendo sempre o mesmo trabalho. Não conhecia outra espécie de prazer senão ir, uma vez por outra, aos domingos, com o melhor vestido e os melhores enfeites que ela conseguia, passear nos arredores da vila em companhia das amigas; quando não ia dançar em algumas festas. No mais, costumava passar uma hora conversando com alguma vizinha a respeito de fofocas e assuntos bobos. Ela punha, nessas conversações, toda a vivacidade e o mais sincero interesse. Mas a sua natureza ardente sentiu, afinal, certas solicitações mais íntimas, estimuladas pelos galanteios dos homens, e seus antigos divertimentos se tornaram desinteressantes, até que ela sai do seu retraimento porque encontra alguém para o qual a impele um sentimento desconhecido e poderoso. É para esse alguém que se voltam todas as suas esperanças; ela esquece o mundo e não ouve, não vê, não sente senão esse alguém; só ele existe para ela, só a ele deseja. Indiferente às vaidades tolas, o seu desejo vai direto ao fim: ela quer pertencer-lhe, encontrar, numa união eterna com ele, toda a felicidade que lhe falta e com ele fruir todas as alegrias pelas quais tanto suspirava. Promessas sempre e sempre repetidas transformaram suas esperanças em certezas, carícias ousadas açulam seus desejos, acabam cativando completamente a sua alma, e ela flutua, num estado de semiconsciência, num sonho de prazer incomparável. Tendo atingido o mais alto grau da impaciente espera, quando enfim estende os braços para chegar à realização de todos os seus votos, ele a abandona. A jovem é privada de todas as faculdades de sentir e pensar! Vê, diante de si, um abismo; em torno dela, trevas e só trevas: nenhuma perspectiva para o futuro, nenhuma consolação, nenhum raio de esperança, porque ele a deixou, aquele unicamente em que ela se sentia viver. Não vê mais o Universo ao redor, nem aqueles que poderiam substituir o bem perdido; sente-se sozinha, abandonada para sempre. Então, cega, alucinada pela angústia horrível que lhe constringe o coração, precipita-se na morte que a espiava de todos os lados, a fim de nela afogar todos os seus tormentos... Veja, Albert, é a história de muita gente! E, diga-me, não é o mesmo que acontece numa doença? A natureza, não encontrando saída no labirinto onde as forças lutam e se debatem confusamente, caminha para a morte inevitável. Maldito seja aquele que, vendo tudo isso, contenta-se em dizer: "Que insensato! Ela devia esperar, deixando que o tempo agisse por si; seu desespero se acalmaria, e não faltaria quem a consolasse". É absolutamente como se dissesse: "Como é que este doido foi morrer de febre? Se ele tivesse esperado que suas forças voltassem, que os humores fossem purificados e cessasse a agitação do sangue, teria sido bem-sucedido e ainda estaria vivo!".

Albert, para quem a minha comparação não pareceu ainda bastante clara, fez algumas objeções. Entre outras, esta: que eu havia falado de uma jovem simplória; não podia, entretanto, conceber qualquer indulgência, num caso análogo, para um homem inteligente, cuja existência é menos limitada e cujo espírito abrange melhor a relação das coisas.

— Meu amigo! — exclamei. — O homem é sempre o homem; a parcela de inteligência que possa ter raras vezes conta, ou não pode ser admitida em absoluto, desde que suas paixões se desencadeiem e ele se veja acuado nos extremos da sua humanidade. Mais ainda... Bem; isso fica para outra vez!

Peguei o chapéu. Meu coração transbordava! Nós nos separamos sem nos havermos entendido. Também, neste mundo, raramente nós nos compreendemos uns aos outros.

15 de agosto

A coisa mais certa deste mundo é que o afeto, somente, torna o homem necessário. Sinto que Charlotte ficaria triste se me perdesse, e as crianças sequer chegam a admitir que eu deixe de ir lá todos os dias. Fui hoje afinar o piano de Charlotte, mas nada pude fazer; as crianças não me largavam, pedindo um conto de fadas, e, por fim, ela mesma pediu que as atendesse. Cortei para eles o pão para o lanche — agora, os pequenos amam tanto recebê-lo de mim como de Charlotte; depois, narrei o meu mais lindo conto, a princesa que era cuidada por duendes. Ensino-lhes, assim, uma porção de coisas e fico admirado da impressão que tudo isso provoca neles. Se, por um acaso, esqueço-me de algum detalhe contado em outro momento, eles me advertem sobre a história estar diferente. Assim, sou forçado a manter um ritmo invariável, sem trocar coisa alguma, como se estivesse desfiando um rosário. Isso me convence de que um autor estraga a sua obra, revendo-a e corrigindo-a para uma segunda edição, pois ela nada ganha quanto ao conteúdo poético. A primeira impressão nos encontra em estado passivo, a tal ponto que o homem pode aceitar as coisas mais inverossímeis; e, como se fixam fortemente no seu espírito, ai daqueles que depois pretendam apagá-las ou arrancá-las!

18 de agosto

Por que é que aquilo que faz a felicidade do homem acaba sendo, igualmente, a fonte de suas desgraças?

O intenso sentimento do meu coração pela natureza em seu esplendor, sentimento que tanto me deliciava, transformando em paraíso o mundo que me cerca, tornou-se, para mim, um tormento intolerável, um fantasma que me tortura e persegue por toda parte. Outro dia, quando, do alto de um rochedo, abrangendo com o olhar, para além do riacho, desde os vales férteis até as colinas, ao longe, eu via, em torno de mim, tudo germinar; quando eu contemplava essas montanhas cobertas, da base aos píncaros, de árvores densas, e os vales sinuosos ensombrados de bosques deliciosos, o riacho que escorre tranquilo entre os caniçais murmurantes, refletindo as nuvens que a brisa da tarde molemente faz flutuar no céu; depois, quando eu ouvia os pássaros animarem, com os seus cantos, a floresta inteira, e enxames e mais enxames de moscardos dançando, alegremente, no último raio dourado do sol, cujo olhar de adeus, rápido — como um relâmpago, libertava da prisão, entre as ervas, um escaravelho zumbidor; quando os ruídos e o movimento confuso em torno despertavam a minha atenção para o musgo que tira a sua seiva da pedra dura, e a giesta que cresce na encosta arenosa da colina, e tudo isso me revelava a vida interior ardente e sagrada da natureza — meu coração celebrava esse mundo de coisas! De algum modo, era como se eu me tornasse um Deus pela plenitude de emoção que transbordava de mim, e as magníficas imagens do mundo infinito, agitando-se em minha alma, enchiam-na de uma vida nova. Vi-me cercado de montanhas gigantescas; diante de mim, abriam-se abismos onde se precipitavam as torrentes formadas pelas chuvas das tempestades. Embaixo, os rios rolavam suas correntes impetuosas, as florestas e as montanhas estremeciam. Eu via todas as forças insondáveis da natureza agirem umas sobre as outras, e juntas se fecundarem na profundeza da Terra; via diversas criaturas vivas na Terra. Tudo se povoava de milhares de formas diferentes, e os primeiros homens se reuniam em sociedade, nas cabanas; depois, construíam suas casas definitivas, passando a reinar sobre o mundo inteiro! Pobre homem insensato, que julga todas as coisas pequenas, por que é, também, tão pequeno? Desde as montanhas inacessíveis, para além do deserto que nenhum pé humano calcou, até a extremidade do oceano desconhecido, revela o criador, incessantemente, e se alegra a cada átomo de pó vivificado graças à sua palavra! Ah! Quantas vezes, naquele tempo, o simples voo de um pássaro me inspirava a vontade de ser levado imediatamente para as margens imensuráveis dos mares, para beber os prazeres de vida no infinito, e ser participante, um só momento, com toda vida que há em meu coração, das felicidades proporcionadas pelo criador, aquele que realiza todas as coisas por si e em si mesmo.

Amigo, só a lembrança dessas horas basta para me fazer feliz! O próprio esforço feito para reviver, em mim, essas sensações inexprimíveis faz com que minha alma se exalte, mas, em seguida, sinto duplamente o horror da minha atual situação.

Parece que um véu se rasgou diante de minha alma, e o teatro da vida infinita transformou-se, para mim, num túmulo eternamente escancarado. Você pode afirmar: "Isto existe!", quando tudo passa, rola e desaparece como um clarão; quando raramente a existência de um ser se prolonga até o esgotamento total das suas forças; quando, absorvido pela corrente, esse mesmo ser vai quebrar-se contra os rochedos? Não há um momento que não devore a si e aos seus; não há um só instante em que não destrua, não seja forçado a destruir. O seu passeio mais inocente custa a vida a centenas de pobres vermezinhos. Com uma passada, você se deita abaixo dos edifícios penosamente erigidos pelas formigas, e fecha de modo indigno a tumba sobre todo um pequeno universo... Ah! As grandes e raras calamidades deste mundo, as inundações que arrasam as nossas aldeias, os tremores de terra que engolem as nossas cidades, nada disso me comove; o que me dilacera o coração é essa força destruidora oculta em toda a natureza, essa força que nada cria senão para destruir-se e destruir o que a cerca ao mesmo tempo. Assim prossigo eu, vacilante e com o coração apertado, entre o céu e a terra com as suas forças sempre ativas, e nada mais vejo senão um monstro que devora eternamente todas as coisas, fazendo-as, depois, reaparecer, para de novo devorá-las.

21 de agosto

Estendo, em vão, os braços para prendê-la, ao raiar do dia, quando começo a despertar dos sonhos importunos; à noite, estirado sobre a minha cama, procuro-a, embalde, se a inocente ilusão de um sonho feliz me faz acreditar que estou sentado junto dela, na campina, cobrindo de beijos a sua mão! Ai de mim! Quando, ainda mal desperto, a procuro a meu lado, tateando, e, ao fazer, arregalo completamente os olhos à realidade, uma torrente de lágrimas não pode mais ser contida pelo meu coração esmagado. Choro, contemplando, cheio de amargura, o sombrio futuro que me aguarda.

22 de agosto

Que desgraça, Wilhelm! Meus pensamentos perderam o equilíbrio, dando lugar a um misto de indolência e agitação. Não posso ficar desocupado; no entanto, nada posso fazer. Não tenho mais imaginação, nem sentimento da natureza, e os livros só me inspiram tédio. Tudo nos falta quando estamos em falta conosco mesmos!

Juro a você que, por mais de uma vez, desejei ser um simples trabalhador do campo; assim, ao despertar, teria uma perspectiva para a jornada que começa, uma necessidade que me impelisse e uma esperança. Quantas vezes invejo Albert, que vejo sempre mergulhado até as orelhas nos seus papéis, imaginando quão feliz eu seria se estivesse em seu lugar! Por vezes, já me veio a ideia de escrever a você e ao ministro, para solicitar o lugar na Embaixada, que não me será recusado, segundo você me assegura e suponho. Não é de hoje que o ministro se mostra meu amigo; há muito tempo me aconselha a seguir uma profissão qualquer. Penso nisso seriamente, pelo espaço de uma hora, mas, depois, quando torno a pensar e me lembro da história do cavalo cansado de ser livre, que se deixa arrear e esporear, e o cavaleiro cavalga até estafá-lo, não sei mais o que devo fazer... Assim, meu amigo, a aspiração que sinto de mudar de vida não será uma secreta inquietude, um mal-estar interior, que me perseguirá por toda parte?

28 de agosto

Na verdade, se o meu mal fosse suscetível de cura, seria curado aqui.

Hoje é meu aniversário, pela manhã recebi um pequeno embrulho da parte de Albert. Ao abrir, descobri logo um dos nós cor-de-rosa que Charlotte trazia no corpete, quando a vi pela primeira vez, e, depois, não me cansei de pedir. Havia, ainda, dois volumes da edição portátil de Homero, de Wettstein, que tanto desejava para não mais carregar a de Ernesti em meus passeios. Você vê como eles correm ao encontro dos meus desejos, como eles procuram a ocasião para essas pequenas finezas de amizade, mil vezes mais preciosas do que os presentes suntuosos com os quais a vaidade do doador procura humilhar-nos? Beijo mil vezes o nó cor-de-rosa, e, a todo momento, minha alma aspira a recordação das delícias de que tenho sido cumulado nestes poucos dias felizes, que passaram e não voltam mais.

Wilhelm, tudo é assim, e não tenho por que lastimar: as flores da vida são aparições rápidas! Quantas delas se esvaem sem deixar vestígios! Quão poucas produzem frutos e, ainda assim, desses frutos, quão poucos chegam à maturidade! No entanto, ainda sobram muitos; e, no entanto... Querido amigo, podemos desprezar os frutos maduros e deixar que apodreçam sem saboreá-los?

Adeus. Temos, aqui, um verão glorioso. Subo sempre nas árvores do pomar de Charlotte e, armado de uma longa vara, atinjo as peras que se acham nas folhagens. De pé junto do tronco, embaixo, ela toma os frutos das minhas mãos, à medida que os vou colhendo.

30 de agosto

Infeliz! Por que me engano assim? Do que me servirá essa paixão furiosa e sem limites? Não posso dirigir minhas preces senão a ela; nenhuma outra figura, a não ser a dela, apresenta-se à minha imaginação, e o mundo que me cerca, só o percebo quando tem com ela alguma relação. Só assim consigo fruir algumas horas de felicidade... até o momento em que me afasto dela! Oh, Wilhelm, se você soubesse até onde me leva o coração! Quando passo junto dela duas ou três horas, alimentando-me da sua presença, das suas maneiras, da expressão celestial das suas palavras, pouco a pouco todos os meus sentidos adquirem uma tensão excessiva, meus olhos deixam de enxergar, mal consigo ouvir, sinto-me sufocado. Batendo desordenadamente, meu coração procura atenuar a angústia dos meus sentidos, mas apenas consegue aumentar a minha perturbação. Wilhelm, quantas vezes, então, nem chego a saber se vivo neste mundo! E, a menos que (o que sucede com frequência) a tristeza me empolgue por completo, e Charlotte me conceda o humilde conforto de desafogar meu coração oprimido, banhando suas mãos nas minhas lágrimas, é preciso que eu me afaste, que saia e vá errar pelos campos, bem longe! Agrada-me, então, subir uma montanha a pique, embrenhar-me através do bosque impenetrável, ferindo-me nas armadilhas de caça, dilacerando-me nos espinheiros. Só então me sinto um pouco aliviado! Um pouco, que digo eu? Quantas e quantas vezes, quando me estiro no caminho prostrado de fadiga e de sede, ou quando, alta noite, enquanto a Lua resplende sobre a minha cabeça, sento-me sobre um tronco de árvore no seio da floresta, para aliviar meus pés doloridos, esmoreço na meia-luz duvidosa da espessura e durmo um sono pesado! Wilhelm, a permanência numa célula solitária, os trapos e os espinhos são o consolo a que minha alma aspira! Adeus! Só vejo um fim a esses tormentos: o túmulo.

3 de setembro

É preciso que eu vá embora. Obrigado, Wilhelm, por ter você tomado, por mim, uma providência! Há quinze dias já que eu penso em afastar-me dela. É preciso que eu me vá embora! Ela veio à vila, ainda uma vez em visita a uma amiga. E Albert... É preciso que eu me vá!

10 de setembro

Wilhelm, que noite! Agora, suportarei tudo. Não a verei mais! Oh! Não poder eu voar até você, meu bom amigo, e explicar, com os meus transportes e torrentes de lágrimas, os sentimentos que perturbam meu coração! Sinto-me ofegante e procuro readquirir um pouco de calma; espero o amanhecer, porque os cavalos aqui estarão ao romper do sol.

Ela dorme tranquilamente, ela não sabe que nunca mais me verá. Estou livre. Tive força bastante para, durante uma conversa de duas horas, não trair minha ideia. O que nós conversamos, Deus do céu!

Albert prometera-me que iria ao jardim com Charlotte, depois da ceia. Fiquei no terraço, embaixo dos grandes castanheiros, sendo o sol, que, pela última vez, eu contemplaria sobre o vale, encantador, e o riacho, tranquilo. Quantas vezes lá estive ao lado dela para gozar esse magnífico espetáculo! E agora...

Pus-me a passear pela alameda tão especial para mim. Uma simpatia secreta me reteve, muitas vezes, naquele lugar, antes mesmo de conhecer Charlotte. E como nos alegramos ao descobrir, nos primeiros tempos da nossa intimidade, que tínhamos, ambos, preferência por aquele local! Devo dizer que é um dos lugares mais românticos que eu conheço entre os imortalizados pela arte.

Através dos castanheiros, reluz um panorama a perder de vista. Lembro-me de haver, muitas vezes, descrito isso tudo nas minhas cartas: como, mais adiante, a gente fica presa entre duas altas cercas; como a alameda torna-se cada vez mais sombria ao atravessar um bosquezinho que a prolonga e termina, enfim, por uma pequena muralha, cuja solitude nos comunica uma emoção misteriosa. Experimento, ainda, a impressão em mim produzida ao entrar ali pela primeira vez, em pleno dia; aquele lugar já me era familiar, e não pude reprimir o pressentimento de que iria ser, para mim, teatro de muitas alegrias e muitos sofrimentos.

Havia meia hora que eu alimentava pensamentos, ao mesmo tempo, doces e cruéis de separação, quando percebi que eles subiam para o terraço. Corri ao encontro deles, peguei, todo trêmulo, a mão de Charlotte e a beijei. Subimos até o ponto mais elevado, no momento em que a Lua surgia atrás do bosque que envolve a colina. Conversando sobre um mundo de coisas, aproximamo-nos insensivelmente do sombrio pavilhão de verdura.

Charlotte entrou e sentou-se; Albert e eu nos colocamos junto dela; mas eu estava por demais agitado para ficar muito tempo no mesmo lugar. Levantei-me, postei-me diante dela, caminhei de um lado para outro e tornei a sentar-me. Estava angustiado. Charlotte chamou nossa atenção para o belo efeito do luar que iluminava, em frente, o terraço inteiro, até a extremidade das cercas. Era um espetáculo magnífico, tudo estava mergulhado numa obscuridade quase completa. Emudecemos; ao cabo de algum tempo, ela falou:

— Sempre que passeio à luz do luar, penso nos meus entes queridos que a morte levou. A ideia da morte e da vida futura toma conta de mim. Nós somos imortais! — acrescentou ela, com um acento da mais estranha sensibilidade. — Mas, Werther, nós nos tornaremos a encontrar? Nós nos reconheceremos? Que pensa você de tudo isso? Diga.

— Charlotte — respondi eu, estendendo-lhe a mão e com os olhos marejados de lágrimas —, nós nos encontraremos! Sim, nós nos encontraremos aqui e lá em cima!

Não pude dizer mais nada... Wilhelm! Por que ela me fez essa pergunta no momento em que eu trazia o coração dilacerado pela angústia da separação?

E ela prosseguiu:

— Os seres amados que nós perdemos sabem alguma coisa a nosso respeito? Sentem quando somos felizes e quando deles nos lembramos com ardente afeto? Oh! A imagem de minha mãe vaga em torno de mim durante as horas tranquilas da noite em que me sento com seus filhos, hoje meus, que se juntam em torno de mim como se juntavam em torno dela! Então, volto os olhos para o céu com uma lágrima de pesar, desejando que ela possa ver, um minuto que seja, como eu cumpro a promessa, que fiz no seu último instante, de ser a mãe de seus filhos! Com que emoção exclamo: "Mãe querida, perdoe-me por não poder ser, para eles, aquilo que você foi! Ai de mim, faço, entretanto, o que posso: eles estão vestidos, alimentados e, o que é mais ainda, são acariciados e amados. Se você pudesse, santa querida, ver como somos unidos, agradeceria, glorificaria ardentemente, o Deus pela felicidade de seus filhos!".

De que modo ela disse tudo isso, Wilhelm! Quem poderá se expressar dessa forma? Como a linguagem morna poderá repetir palavras tão divinas? Albert interrompeu-a, docemente:

— Você se aflige demais, Charlotte querida; sei o quanto essas ideias lhe são caras, mas peço-lhe...

— Oh! Albert! — disse ela. — Lembra-se, você, das noites que passamos juntos em torno da mesinha redonda, quando meu pai estava em viagem e tínhamos mandado as crianças dormir? Você trazia sempre um bom livro, mas raramente chegamos a lê-los. A companhia daquela alma admirável não era melhor do que tudo o mais? Que mulher! Tão bela, tão doce, tão alegre, e trabalhando sempre! Só Deus sabe quantas lágrimas derramei, ajoelhada diante dele, no meu leito, pedindo-lhe que me tornasse igual a ela!

— Charlotte! — exclamei, atirando-me aos seus pés, tomando-lhe a mão e molhando-a de lágrimas. — Charlotte, a bênção de Deus e o espírito de sua mãe pairam sobre você!

— Se você a tivesse conhecido! — respondeu-me ela, apertando-me a mão. — Ela era digna de que você a conhecesse!

Senti-me desfalecer. A meu respeito, nunca ouvi palavra maior e mais gloriosa. Ela prosseguiu:

— E dizer que aquela mulher devia morrer na flor da idade, quando o seu filho mais novo não tinha ainda seis meses! A doença foi curta; ela se mostrou calma e resignada. Só se preocupava com os filhos, sobretudo o menorzinho. Quando se aproximou a hora, pediu-me: "Vá buscá-los!". Levei-os para junto dela. Os menores nada compreendiam; os mais velhos estavam sofrendo. Logo que os viu em torno do leito, ela ergueu as mãos e rogou a Deus por eles; depois, beijou um por um, pediu que se retirassem e disse-me: "Minha filha, seja para eles uma segunda mãe!". Prometi-lhe que sim. Ela respondeu: "Você promete bastante, minha filha: coração de mãe, olhos de mãe. Você sabe o que isso é. Notei-o muitas vezes em suas lágrimas de reconhecimento. Tenha tudo isso por seus irmãos e suas irmãs; tenha, por seu pai, o devotamento e a obediência de uma esposa. Você deve consolá-lo".

Ela me pediu para vê-lo; ele se havia retirado, para ocultar a dor que ia além de suas forças — pobre homem! —, com o coração dilacerado. Você estava no quarto, Albert; ela ouvia passos, perguntou quem era, chamou você para junto dela. Como nos fitou longamente! Como aquele olhar exprimia a certeza de que, unidos, seríamos felizes!

Albert abraçou-a e beijou-a, exclamando: "Nós somos, nós seremos felizes!".

Esse mesmo Albert, de ordinário tão calmo, não era mais senhor de si; e, quanto a mim, não dava mais acordo de que estava vivo.

— Werther — tornou ela —, uma mulher como aquela perdida para sempre! Oh, Deus, quando penso como a gente perde o que tem de mais caro nesta vida! Ninguém sente isso tão vivamente como as crianças; as nossas lamentavam, ainda muito tempo depois, que "os homens tinham levado a nossa mamãe!".

Charlotte levantou-se, e eu, como que despertando de um sonho, senti-me desorientado. Permaneci sentado, prendendo ainda a sua mão.

— Vamos — disse ela —, já é tempo de irmos embora!

Ela quis retirar a mão, eu a apertei com mais força.

— Nós nos tornaremos a ver! — exclamei. — Nós havemos de nos encontrar de novo; iremos nos reconhecer, sob qualquer forma! Eu parto, mas parto voluntariamente; no entanto, se fosse preciso dizer "para sempre!", não poderia suportá-lo. Adeus, Charlotte; adeus, Albert! Nós nos veremos ainda.

— Amanhã, penso eu — replicou ela com um tom jovial.

O que esse "amanhã" me amargurou! Ah! Ela sequer o adivinhou, ao retirar a mão da minha... Eles seguiram pela alameda; fiquei imóvel, vendo-os alongarem-se à luz do luar. Então, atirando-me ao solo, esgotei as minhas lágrimas até que, de súbito, reerguendo-me precipitadamente, corri para a beira do terraço; dali, vi, ainda, o seu vestido branco brilhar à sombra das grandes tílias e atingir o portão do jardim. Estendi os braços, e tudo desapareceu!

SEGUNDO LIVRO

20 de outubro de 1771

Chegamos ontem aqui. O embaixador está indisposto e deverá ficar de repouso por alguns dias. Se ele tivesse um pouco mais de boa vontade, tudo iria muito bem. Sinto, perfeitamente, que o destino me reserva bem duras provas. Mas... coragem! Com bom humor, tudo se suporta... Com bom humor! Rio-me ao verificar que essas palavras me pingaram da pena. Bastaria-me um temperamento um pouco mais confiante e mais indiferente para fazer, de mim, o homem mais afortunado que o céu cobre. Como! Vendo outros, felizes na sua apoucada suficiência, tirar partido da sua débil capacidade, das suas habilidadezinhas, desesperar-me eu das minhas forças e dos meus dons naturais? Oh, Deus, você, que me concedeu tudo isso, podia dar-me apenas metade, contanto que me incutisse confiança em mim mesmo e contentamento de espírito!

Paciência, paciência! Tudo isso passará, porque reconheço, meu amigo, que você tem razão. Depois que me veio diariamente metido com esses sujeitos, e noto o que eles fazem e como fazem, vivo mais satisfeito comigo mesmo. Certamente que sim, pois, sendo da nossa índole compararmo-nos a todas as coisas e comparar todas as coisas conosco, a nossa felicidade ou a nossa desgraça dependem dos objetos desse confronto; de sorte que nada é mais perigoso, para nós, do que a solidão.

Nossa imaginação, levada pela sua própria natureza a exaltar-se, e, ainda, excitada pelas figuras quiméricas que lhe oferece a poesia, dá corpo a uma escala de seres onde ocupamos sempre um lugar ínfimo. Tudo quanto se acha fora de nós parece mais belo, e todos os homens, mais perfeitos do que nós. E isso é natural, porque sentimos demasiado as nossas imperfeições, e os outros sempre parecem possuir precisamente aquilo que nos falta. Em consequência, nós lhes acrescentamos tudo quanto está em nós mesmos e, para coroar a obra, concedemos-lhes, também, certa facilidade miraculosa, que exclui toda ideia de esforço. E eis esse bem-aventurado mortal convertido num conjunto de perfeições por nós mesmos criadas.

Ao contrário, quando perseveramos em nossos próprios esforços, apesar da nossa fraqueza e das nossas dificuldades, progredimos mais lentamente na jornada em que outros empregam a vela e o remo... Em suma, a gente sente o que vale quando alcança os outros na reta, ou mesmo os ultrapassa.

26 de novembro

Começo a achar minha situação relativamente suportável. O melhor é que não falta ocupação; depois, a presença de tantas pessoas, tantos rostos inéditos e diferentes, é, para mim, um espetáculo variado. Travei relações com o Conde de C., homem que me vejo obrigado a respeitar cada vez mais, pois trata-se de um espírito vasto e superior, isento de frieza, embora abrangendo um mundo de conhecimentos. O seu convívio denuncia, claramente, que ele é capaz de sentir a amizade e o amor!

O conde tomou simpatia por mim quando fui tratar com ele de um negócio de que me encarregaram; sentiu, logo às primeiras palavras, que nós nos compreenderíamos e que podia conversar comigo abertamente. Não tenho palavras para louvar-me pela franqueza que ele usa comigo. Nenhuma alegria é comparável à de ver uma grande alma abrir-se para conosco.

24 de dezembro

Como eu previra, o embaixador me irrita. É o idiota mais encrenqueiro que se conhece, avançando passo a passo, formalista como uma solteirona. Sempre insatisfeito consigo mesmo, ninguém poderá nunca o satisfazer. Gosto de escrever de um jato, não retocando o que escrevo; pois bem, ele é capaz de devolver-me um memorando e dizer-me: "Está bom, mas é preciso revê-lo.

Encontra-se sempre uma expressão melhor, uma partícula mais justa!". Tenho, então, vontade de mandá-lo ao diabo! Gosta dos pontos e das vírgulas muito direitinhos em seus lugares, é inimigo encarniçado de toda transposição, o que me escapa com frequência. Se não lhe cantarem sempre os períodos segundo o ritmo tradicional, lembrando o batuque da Barbaria, ele não entende nada. É um suplício trabalhar com um homem dessa espécie!

A minha única e constante recompensa é a confiança que me testemunha o Conde de C. Ele me confessou, há dias, francamente, quanto lhe desagradam a lentidão e os escrúpulos exagerados do embaixador:

— Essa gente torna a vida desagradável para eles próprios e para os outros. Mas é preciso resignar-se a isso, como o viajante se resigna ao ter de transpor uma montanha. É verdade que o caminho seria mais curto e mais cômodo se não fosse a montanha; mas a montanha existe, e é preciso seguir viagem!

O velho pedante percebe a preferência que o conde me concede e, despeitado, aproveita todas as ocasiões para me falar mal do conde. Como é natural, eu tomo o partido deste último, e isso só piora as coisas.

Ontem, o embaixador açulou a minha cólera, porque me senti visado pelas suas palavras. Disse-me que o conde possui, sem dúvida, aptidões para a diplomacia, que trabalha com facilidade e maneja bem a pena, faltando-lhe, porém, uma sólida erudição, como acontece aos espíritos brilhantes. Dizia tudo isso com um ar que queria dizer: "dói esta ferroada?". Mas ele não atingiu o alvo: dou o maior desprezo a um homem capaz de pensar e agir desse modo. Enfrentei-o com obstinação, incisivamente, dizendo que o conde é um homem digno de toda estima, já pelo seu caráter, já pelos seus conhecimentos. E acrescentei:

— Não conheço ninguém que tenha conseguido, como ele conseguiu, enriquecer o espírito abrangendo uma vastidão de assuntos, sem sacrificar, entretanto, a sua espantosa atividade na vida ordinária.

Mas tudo isso foi deitar pérolas a porcos; despedi-me logo, temendo que ele continuasse a dar por paus e por pedras, e fizesse ferver a minha bílis.

A culpa é de todos vocês, que, por meio de belas palavras, fizeram-me aceitar esse jugo, pregando-me, constantemente, a necessidade de uma vida ativa! Vida ativa! Se aquele que planta suas batatas e vai, a cavalo, vendê-las à vila trabalha mais do que eu, quero fatigar-me bastante, remando, ainda, dez anos nesse pessoal onde me vejo acorrentado!

E essa miséria dourada, e o tédio que se experimenta em meio a essas vis criaturas que aqui se reúnem! Como elas se disputam a preferência, como ficam dia e noite à espreita para ganhar uma polegada de terreno, e como as paixões mais mesquinhas e miseráveis são expostas. Quer um exemplo? Há, aqui, uma senhora que fala tanto da sua nobreza e das suas terras a todo mundo, que quem não a conhece deve pensar: "É uma idiota completamente embriagada pelo seu nascimento e pela fama de suas propriedades!". Nada disso: essa mulher é apenas a filha do tabelião destas redondezas! Não posso compreender que a espécie humana seja tão destituída de senso para desonrar-se com essas baixezas.

É verdade, meu amigo, que cada dia compreendo melhor quão insensato é vivermos a julgar os outros. De minha parte, tenho tanto que fazer para modificar-me a mim mesmo, tanto esforço a despender para acalmar as tempestades do meu coração! Ah! Eu deixarei, de bom grado, que os outros façam o que bem entendam, contanto que eles me deixem fazer o mesmo.

O que mais me irrita são as odiosas distinções sociais. Reconheço, melhor do que ninguém, a diferença de condições e as vantagens que a mim mesmo delas decorrem; desejava, entretanto, que elas não me embaraçassem o caminho precisamente no ponto em que ainda me seria possível fruir na Terra um pouco de prazer, um raiozinho de felicidade.

Recentemente, fiz amizade com Srta. de B., criatura amável e que conserva muita naturalidade em meio dos seus hábitos grã-finos. Palestramos, interessamos um ao outro, e, ao nos despedirmos, pedi-lhe permissão para visitá-la. Ela acedeu com tanta franqueza, que aproveitei o primeiro momento azado para ir vê-la. Devo dizer que ela não é daqui e está hospedada em casa de uma velha tia. A cara desta última não me agradou absolutamente; contudo, tive, para com ela, muitas atenções, dirigi-me sempre de preferência a ela e, em menos de meia hora, compreendi o que, mais tarde, a sobrinha me confessou: que a pobre tia se encontrava despojada de tudo em sua velhice, não possuindo fortuna nem espírito, não tendo em que se apoiar a não ser a sua genealogia, outro refúgio a não ser a classe onde se atocaia como numa trincheira, nem outro prazer senão o de olhar, de alto, a burguesia. Conta-se que foi bela em sua juventude e que estragou, com uma série de loucuras, a sua existência. Começou por desgraçar, com os seus caprichos, vários jovens; depois, já um pouco madura, teve de humilhar-se ao jugo de um velho oficial que, em troca de sua obediência e uma renda razoável, consentiu em passar, junto dela, a idade de bronze. Esse oficial morreu, e, agora, tendo chegado à idade de ferro, ela se encontra inteiramente só. Ninguém lhe ligaria a mínima importância se sua sobrinha não fosse tão amável.

8 de janeiro de 1772

Que gente esta, cuja alma está inteiramente amarrada à etiqueta, aplicando, durante anos, todos os seus pensamentos e esforços a manter-se rigidamente à mesa! E não fazem isso porque nada mais tenham em que se ocupar; ao contrário, o trabalho acumula-se precisamente porque um mundo de dificuldades impede a marcha dos negócios sérios. Na última semana, surgiram várias querelas durante uma corrida de trenós, estragando completamente a festa.

Esses insensatos não veem que o cargo não tem a mínima importância, porquanto aquele mesmo que ocupa o primeiro lugar tão raramente desempenha o principal papel! Quantos reis são governados pelo seu ministro e quantos ministros são governados pelo seu secretário! Quem é, então, o primeiro? Ao que me parece, aquele que, vendo mais longe do que todos nós, é bastante poderoso ou bastante fino para dirigir as nossas paixões no sentido da realização dos seus desígnios.

20 de janeiro

Minha querida Charlotte, é preciso que eu lhe escreva esta carta; estou num pobre albergue de campo, onde procurei abrigo contra o mau tempo. Também, durante o longo período em que errei sem destino nesta tristonha e feia vila de D., em meio a uma multidão de estranhos completamente estranhos ao meu coração, não tive um único momento em que o meu coração me impelisse a escrever-lhe. Aqui, nesta cabana estreita e solitária, onde a neve e as saraivadas se enfurecem contra a pequena janela, o meu primeiro pensamento foi para você. Ao entrar nesta casinha, a sua imagem, a sua lembrança, Charlotte, tomaram conta de mim, penetraram-me de uma emoção tão santa e tão intensa! Louvado seja Deus! Pela primeira vez, encontro um momento de felicidade!

Se você me visse, minha amiga, naquele turbilhão de distrações! Se você pudesse ver como tudo em mim se tornou árido e seco! Um só momento experimentei a plenitude do coração, provei uma hora de felicidade! Nada, nada! Pareceu-me que estava diante de uma caixa de surpresas, vendo desfilarem os pequenos bonecos sobre os seus cavalinhos, e cheguei, por vezes, a perguntar-me se tudo aquilo não era um delírio. Desempenho também o meu papel ou, antes, deixo que me manobrem como se manobram os fantoches; às vezes, pego a mão de madeira do meu vizinho e recuo horrorizado. À noite, prometo-me o prazer de assistir ao raiar do sol e, depois, não consigo levantar; durante o dia, espero rejubilar-me com o luar e, afinal, permaneço no meu quarto. Não sei por que me deito e por que me levanto.

Falta-me o fermento que dava sabor à minha vida, o encantamento que me despertava alta noite; aquilo que, pela manhã, arrancava-me do sono desvaneceu-se para mim.

Encontrei, aqui, um único ser que merece o nome de mulher: é a Srta. de B. Ela se parece com você, minha querida Charlotte, se é que é possível alguém se parecer com você. "Hein!", dirá você, "deu ele, agora, para fazer gracinhas a meu respeito!" Não digo senão a verdade pura. De tempos a esta parte, tornei-me muito amável, não sendo possível ser o contrário; mostro-me cheio de espírito, e as senhoras dizem que ninguém é capaz de louvar tão finamente como eu (acrescente: e mentir; porque não pode ser de outra maneira, você entende!). Quero, porém, falar-lhe da Srta. de B. Ela tem uma bela alma, que se reflete inteiramente nos seus olhos azuis. A sociedade em que vive é-lhe um fardo pesado, porque não satisfaz a nenhum desejo do seu coração. Ela aspira a sair desse caos, e nós passamos horas inteiras, em imaginação, entre as cenas campestres onde reina uma felicidade sem mácula; onde você vive, ai de mim! Quantas vezes eu a obrigo a render homenagem a você! Mas não; ela faz isso espontaneamente e gosta muito de ouvir falar a seu respeito; ela ama você, querida Charlotte...

Oh! Não poder estar a seus pés, neste pequeno quarto tão aconchegado, com as nossas crianças queridíssimas rolando em torno de mim! Se você os achar muito barulhentos, eu os juntarei em círculo, e estarão tranquilos, contando-lhes algum conto bem fantástico e terrível.

O sol tomba, radioso, sobre a campina faiscante de neve; a tempestade dissipou-se e eu... Adeus! Albert está junto de você? Como? Que Deus me perdoe esta pergunta!

8 de fevereiro

Há oito dias faz um tempo abominável, e isso me encanta, porque, desde que aqui cheguei, não houve um belo dia que alguém não me tenha envenenado ou transtornado, ao passo que, se chove a cântaros, se neva, se há gelo e degelo, digo a mim mesmo: "Bem! Não poderá ser pior aqui dentro do que lá fora", ou vice-versa, e tomo o meu partido. Quando, pela manhã, o raiar do sol promete um belo tempo, não posso conter esta exclamação: "Eis, ainda, uma dádiva do céu, que eles vão disputar uns com os outros!". Tudo serve de pretexto para se espoliarem: saúde, nomeada, contentamento, repouso! Quase sempre, é por estupidez, falta de julgamento, estreiteza de espírito, e, a dar-lhes crédito, fazem tudo isso com a melhor das intenções. Quantas vezes eu tenho vontade de pedir-lhes, de joelhos, que não rasguem as entranhas com tamanho furor.

17 de fevereiro

Temo que nós, eu e o embaixador, não possamos trabalhar juntos por muito tempo. Esse homem é absolutamente insuportável. Seu modo de trabalhar e de conduzir os negócios é de tal modo ridículo, que me vejo forçado a contrariá-

-lo e, quase sempre, a fazer as coisas do meu jeito. Isso, naturalmente, não pode satisfazê-lo. Ultimamente, ele deu parte, à Corte, a respeito da minha conduta; o ministro me repreendeu, delicadamente, é verdade, mas, em todo o caso, foi uma reprimenda. Estava, já, a pique de pedir minha demissão, quando recebo uma carta particular, que me fez cair de joelhos ante a elevação, a nobreza e a docilidade do seu espírito. Como censura os excessos da minha suscetibilidade! Minhas ideias exaltadas sobre a ação, o desejo de influir nos outros, a ambição de galgar um posto mais alto nos negócios públicos, é verdade que considera tudo isso louvável num moço e não procura destruí-las; esforça-se, porém, por moderar e guiar essa energia numa direção proveitosa e de efeitos benéficos. Assim, sinto-me reconfortado por oito dias e reconciliado comigo mesmo. Não há tesouro comparável à paz de espírito e a estar satisfeito consigo próprio! Ah! Meu caro amigo, se essa alegria não fosse tão fugaz quanto é bela e preciosa!

20 de fevereiro

Que Deus abençoe, meus queridos amigos! Que ele conceda os dias felizes que me recusa!

Albert, agradeço-te por ter me enganado. Esperava a comunicação do dia marcado para as suas núpcias e havia resolvido que, nesse dia, a silhueta de Charlotte seria solenemente retirada da parede e guardada com outros papéis. E agora, já unidos, o retrato ali continua ainda! Nesse caso, ali permanecerá! Por que não? Sei que vivo, também, junto de vocês, e no coração de Charlotte, sem que isso moleste a você; sei, mesmo, que tenho ali o segundo lugar e quero, devo, conservá-lo. Eu enlouqueceria se ela viesse a me esquecer... Albert, esse pensamento é um inferno! Adeus, Albert! Anjo do céu, adeus! Adeus, Charlotte!

15 de março

Acabo de sofrer uma afronta que me fará sair daqui. Ranjo os dentes, só de pensar! Maldição! A coisa é irreparável, e vocês, só vocês, são os causadores, vocês que me empurraram, acicataram, perseguiram, para me obrigar a ocupar um posto que não me convinha. Sofro aquilo que merecia! E vocês também! E não me venham dizer que foram as minhas ideias extravagantes que estragaram tudo! Eis, meu caro senhor, um relato simples e claro, tal como poderia fazer um cronista.

O Conde de C. estima-me e distingue. Todos sabem disso, e já o disse cem vezes. Ontem, jantei na casa dele, precisamente no dia em que se reúnem lá, para passar a noite, os senhores e as damas da nobreza. Não pensei nisso e, mais, sequer me ocorreu que, para nós, os subalternos, aquele não é o nosso lugar. Pois bem; jantei com o conde e, ao deixarmos a mesa, ficamos a passear de um canto a outro do salão. Eu conversava com o conde e o Coronel B., que, naquele meio-tempo, havia chegado. Aproximava-se a hora da reunião, e eu não pensava em nada! Nisso, aparece a imensa e poderosa Sra. de S., acompanhada do senhor seu marido e da idiota da filha de peito chato e cintura fina, graças ao corpete. Passam por mim arrebitando o nariz e olhando de alto, desdenhosamente, como compete a tão altas personagens. Como toda essa raça me é cordialmente antipática, fui despedir-me e estava à espera do momento em que o conde se livrasse da maçadora parolagem de tais criaturas, quando surge a Srta. de B. Ao vê-la, sinto sempre o coração um pouco alvoroçado. Resolvi demorar-me, então, colocando-me atrás da sua cadeira, mas só ao cabo de algum tempo notei que não me falava com a sua habitual franqueza, mas com um ar um tanto embaraçado. Isso me chocou. "Então ela será como toda essa gente?", pensei com os meus botões. Ofendido, resolvi retirar-me; no entanto, não agi de imediato, porque queria justificá-la, porque me supunha enganado, porque esperava, ainda, receber dela uma palavra amável... Enfim, o que você quiser. Entretanto, o salão regurgitava. O Barão F., envergando todo um guarda-roupa do tempo da coroação do Imperador Francisco I, o Conselheiro Áulico R. (intitulam-no, aqui, em respeito pelas suas funções, Sr. de R.), acompanhado de sua surdíssima cara-metade etc., sem faltar o J., tão ridiculamente vestido e que costuma reparar os rasgões do seu traje gótico por meio de retalhos da última moda. Toda essa gente ia chegando aos cardumes. Procuro trocar palavras com algumas pessoas do meu convívio, e todas se mostram lacônicas. Abstraindo-me dessa gente, convergi minha atenção para a Srta. de B. Sequer notei que as damas sentadas na outra extremidade do salão falavam uma na orelha da outra, que esses cochichos circulavam entre os cavalheiros, que a Sra. de S. entretinha-se com o conde; foi a Srta. de B. quem, mais tarde, contou-me tudo isso. Afinal, o conde dirigiu-se a mim e levou-me para o vão de uma janela, dizendo-me:

— Você conhece os nossos costumes. Percebo que a sociedade se mostra descontente por causa da sua presença. Não quero, de modo nenhum.

— Excelência — interrompi eu —, peço-lhe mil perdões. Devia pensar logo nisso, mas estou certo de que Vossa Excelência me há de perdoar. Tive intenção de me retirar imediatamente, mas um mau fado me reteve aqui — acrescentei, sorrindo e inclinando-me.

O conde apertou-me a mão com uma emoção que dizia tudo. Safei-me, suavemente, daquela ilustre companhia, tomei o cabriolé e mandei que tocasse para M., a fim de assistir, do alto da colina, ao pôr do sol, lendo, no meu Homero, o canto magnífico onde Ulisses é hospedado pelo excelente porqueiro. Até ali, tudo foi muito bem.

Voltei à noite para cear. Na sala do hotel, havia apenas algumas pessoas que jogavam os dados ao canto da mesa. Nisso, chega o irrepreensível A., coloca o chapéu no cabide, sem tirar os olhos de mim, aproxima-se e segreda-me:

— Você teve algum aborrecimento?

— Eu?

— O conde pediu a você que se retirasse da sociedade.

— Que a sociedade vá para o diabo! — exclamei.

— Para mim, foi melhor ir tomar um pouco de ar. — Tanto melhor se você não leva a coisa demasiado a sério; mas o que me desgosta é que todo mundo já sabe disso.

Só então comecei a sentir certo despeito. Cada vez que alguém, chegando para a ceia, olhava para mim, eu pensava: "É por causa do tal negócio", e isso me fazia ferver o sangue.

E a coisa é bem pior: por onde vou, todos me deploram. Sei que os invejosos triunfam e dizem: "É o que acontece a esses presunçosos que se vangloriam de possuir um pouco de espírito, julgando-se, por isso, acima das boas conveniências..." e outras malditas mexeriquices... É de a gente enterrar um punhal no coração, porque é bom falar em independência de caráter; queria, no entanto, ver alguém capaz de ouvir, sem dar a mínima importância, o que dizem os patifes a seu respeito. Quando o que eles propalam não tem fundamento, aí, sim, a gente pode deixá-los latir à vontade.

16 de março

Tudo conspira para exasperar-me. Hoje, encontrando a Srta. de B. na alameda onde costumo fazer o meu passeio, não me contive e falei-lhe, isolando-a das outras pessoas, para exprimir-lhe o quanto me havia magoado a sua conduta de outro dia.

— Oh, Werther! — respondeu ela, com uma voz profundamente emocionada. — Você foi capaz de interpretar assim a minha atrapalhação? Quanto eu sofri por sua causa desde o momento em que entrei na sala! Eu previa tudo quanto aconteceu e estive, várias vezes, com as palavras nos lábios para avisá-lo. Eu sabia que as senhoras de S. e de T., bem como os seus maridos, teriam preferido retirar-se a permanecer em sua companhia; sabia que o conde não pode inimizar-se com essa gente, no entanto quanto barulho surgiu por causa disso!

— Que quer dizer? — perguntei-lhe, fingindo surpresa, porque, ao lembrar tudo quanto o Adelino me disse anteontem, sinto ainda o sangue ferver nas veias.

— Se você soubesse o que isso me tem custado! — prosseguiu a amável Srta. de B., com as lágrimas nos olhos.

Quase que perdi o domínio de mim mesmo e atirei-me aos pés daquela excelente criatura:

— Conte tudo, por favor! — exclamei.

As lágrimas corriam-lhe nas faces; eu estava fora de mim. Ela as enxugou, sem procurar ocultá-las.

— Você conhece a minha tia, que assistiu a tudo e com que olhos! Werther, ontem à noite e ainda esta manhã, ela me fez um sermão por causa da minha amizade por você. Tive que ouvir destratá-lo, humilhá-lo, e não podia, não ousava defendê-lo, senão por meias palavras!

Cada uma das suas palavras penetrava-me no coração como uma punhalada. Ela não sentiu que, ao menos por piedade, devia calar tudo aquilo, e continuou a explicar como ainda explicam o incidente, como certas pessoas se mostram triunfantes, como há quem, malignamente, rejubile-se por me ver punido pela atitude presumida e desdenhosa que há muito me vinham censurando. Wilhelm, ouvir tudo isso daquela boca e no tom da mais sincera simpatia! Fiquei transtornado e tenho ainda o coração cheio de ódio. Queria que alguém ousasse repetir-me tudo isso para atravessar-lhe a minha espada de lado a lado, porque só o sangue poderá acalmar-me. Cem vezes já peguei do punhal para livrar meu coração do peso que o esmaga. Conta-se que há uma briosa espécie de cavalos que, perseguidos, quando se veem demasiadamente excitados, têm o instinto de abrir uma veia com os dentes para não rebentarem sufocados. Sinto, às vezes, vontade de fazer o mesmo: abrir uma veia e conquistar, assim, para sempre, a liberdade.

24 de março

Apresentei minha demissão à Corte, esperando que ela seja aceita, e você há de perdoar-me por não ter previamente solicitado a sua permissão. É preciso que eu parta. Sei tudo quanto você tem a dizer para persuadir-me a ficar; assim...

Procure suavizar perante minha mãe essa notícia desagradável! Nada posso fazer em meu benefício, e, nesse caso, é preciso que ela se resigne a isso de que nada posso fazer em benefício dela. Bem sei que isso lhe será doloroso. Ver seu filho abandonar carreira, logo aos primeiros passos que deviam levá-lo ao Conselho Privado ou a uma Embaixada!

Dê, você, a tudo isso, o nome que quiser, procure combinar todas as circunstâncias que me permitam voltar atrás; agora é tarde, e eu devo partir. Para que você saiba para onde eu vou, informo-lhe que há, aqui, um príncipe, que gosta muito da minha companhia. Logo que soube da minha resolução, pediu-me que fosse com ele passar a primavera em suas terras. Prometeu-me que lá ficarei inteiramente à vontade; e, como nós nos entendemos perfeitamente, até certo ponto, vou arriscar a sorte.

Post-scriptum

19 de abril

Agradeço-lhe as duas cartas. Não as respondi porque guardei esta até receber da Corte a minha exoneração. Temi que minha mãe se dirigisse ao ministro, criando obstáculos para meu desejo. Mas a exoneração chegou! Não quero falar sobre o pesar gerado pela decisão, nem o que foi que o ministro me escreveu, porque você era bem capaz de explodir. O príncipe herdeiro, como lembrança, enviou-me 25 ducados, acompanhados de algumas palavras que me comoveram até às lágrimas.

Não tenho, pois, mais necessidade do dinheiro que, na última carta, pedi à minha mãe.

5 de maio

Partirei amanhã. Como a minha vila natal está apenas a dez quilômetros do caminho por onde seguirei, quero revê-la e recordar os dias felizes que se perderam no sonho. Entrarei pela mesma porta por onde saí de carruagem com a minha mãe, quando, depois da morte de meu pai, ela deixou esses lugares tão queridos, tão familiares, para encerrar-se na sua vila insuportável. Adeus, Wilhelm! Você receberá notícias da minha jornada.

9 de maio

Realizei minha peregrinação ao lugar onde nasci com a devoção de um verdadeiro peregrino e constatei mil sentimentos inesperados. Ao chegar à grande tília, que se ergue a um quarto de légua da vila, na Estrada de S., mandei parar a carruagem, desci e disse ao condutor que continuasse a viagem. Segui a pé, a fim de saborear cada impressão, renovar cada lembrança, deixando-me guiar pelo coração.

Parei embaixo da tília que fora, na minha infância, o motivo e o termo dos meus passeios. Como tudo está mudado! Então, na minha feliz ignorância, desejava lançar-me no mundo desconhecido, para proporcionar, ao meu coração, tantas alegrias que deveriam enchê-lo e satisfazer as suas impacientes aspirações! Voltei desse vasto mundo. Meu amigo, quantas esperanças falhadas e quantos projetos destruídos!

Vejo altearem-se, diante de mim, as montanhas para as quais tantas vezes me senti atraído! Cheguei a ficar nesse lugar horas inteiras, desejando, ardentemente, transportar-me até lá, mergulhando, com toda a minha alma, naquelas florestas, naqueles vales que, tão cheios de estranha sedução, envolvidos pelos véus vaporosos, ofereciam-se aos meus olhos! E, quando era chegada a hora de voltar para casa, com que tristeza eu me afastava desse lugar querido!

Rumei para a vila, saudando todas as casinhas cercadas de jardins, os mesmos do meu tempo. Os novos me desagradam, bem como todas as modificações que observo. Transpus a entrada da vila e encontrei-me comigo mesmo. Wilhelm, não quero nem devo entrar em maiores detalhes, que seriam monótonos neste relato, embora cheios de encantos para mim. Decidi me hospedar na Praça do Mercado, perto da nossa antiga casa. Ao chegar ali, notei que a sala da escola, onde uma boa velhota nos reunia, em nossa infância, como carneiros encurralados, tinha sido convertida numa loja. Recordei as agitações, as lágrimas, o acabrunhamento de espírito, as aperturas de coração que suportei naquele buraco. Não dou um passo sem encontrar qualquer coisa que me chame a atenção. Um peregrino, na Terra Santa, não se depara com tantos lugares sagrados pelas piedosas lembranças, e sua alma não se enche de tantas e tão santas emoções.

Ainda um exemplo entre mil. Desci, margeando o riacho, até certa granja, caminho que eu seguia antigamente, e pude rever o local onde disputava, com os outros garotos, quem fazia maior número de ricochetes à superfície das águas. Como, vivamente, lembrei-me das horas que ali passei, vendo correr a água, seguindo-a em espírito e cheio de estranhos pressentimentos, engendrando ideias maravilhosas a respeito das regiões para as quais ela se dirigia! Minha imaginação se dilatava para além dessas regiões, estirando-se para mais longe, sempre mais longe, até perder-se na contemplação da distância invisível! Veja, meu caro amigo, que os nossos ancestrais eram completamente limitados, mas completamente felizes, e os seus sentimentos e a sua poesia apresentavam certa ingenuidade infantil. Quando Ulisses fala do mar incomensurável e da terra sem fronteiras, como estas palavras são verdadeiras, humanas, profundas, misteriosas! De que me serve poder dizer, hoje, com todos os colegiais, que a Terra é redonda? Para ser feliz, poucas palavras bastam ao homem, menor número ainda é preciso para que ele encontre repouso.

Estou, neste momento, no castelo de caça do príncipe. Estou vivendo, até agora, em ótimas condições com esse senhor, homem sincero e simples, embora o veja cercado de gente que me parece um tanto singular e não chego a compreender. Se não têm ar de patifes, também não posso dizer que apresentam o aspecto de pessoas honestas. Há dias em que me parecem criaturas direitas, no entanto não posso confiar nelas. O aborrecido em tudo isso é que o príncipe fala sempre de coisas que só conhece por ouvir dizer, ou através de leituras, mas adotando, exatamente, o ponto de vista que lhe impuseram.

Quanto ao resto, ele gosta mais da minha inteligência e dos meus talentos do que do meu coração. A única coisa, entretanto, de que me orgulho e que é a fonte da minha força, da minha felicidade e de todo o meu sofrimento. Ah! O que eu sei todos podem saber; meu coração, porém, só eu, mais ninguém, pode possuí-lo.

25 de maio

Tenho uma ideia que não queria transmitir a você enquanto não à pusesse em prática; agora, não sendo mais possível, posso dizê-la. Eu queria fazer-me soldado; há muito tempo tenho isso no coração, motivo pelo qual acompanhei o príncipe, que é general de serviço. Durante um passeio, revelei-lhe o meu desígnio, e ele me dissuadiu. Teria sido preciso que se tratasse de uma verdadeira paixão, e não de uma fantasia, para que eu deixasse de ouvir as suas razões.

11 de junho

Diga, você, o que quiser: não posso ficar mais aqui, nada tenho a fazer, e o tédio toma conta de mim. O príncipe trata-me o melhor possível, mas sinto-me deslocado. No fundo, eu e ele nada temos em comum. É um homem inteligente, mas de uma inteligência vulgar; sua conversação não me interessa mais do que me interessaria a leitura de um livro bem-escrito. Ficarei aqui ainda oito dias e, depois, prosseguirei na minha vida errante. O que me têm valido são os desenhos. O príncipe não é destituído de sentimento artístico, mas esse sentimento seria ainda mais pronunciado se o não entravasse o hábito detestável das fórmulas científicas e dos termos consagrados. Sempre (e isso me enche de desespero) que eu emprego todo o ardor da minha imaginação para fazê-lo percorrer os domínios da natureza e da arte, ele supõe embasbacar-me, atravancando o caminho com alguma expressão técnica bem estampilhada.

16 de julho

Sim, não passo de um viajante, um peregrino sobre a Terra! E você é alguma coisa mais do que isso?

18 de julho

O lugar para onde espero ir? Confidencio: preciso ficar aqui ainda uns quinze dias; depois, devo visitar as minas de ***. No fundo, não é nada disso: o que eu quero é aproximar-me de Charlotte, apenas.

Alegro-me com meu coração... e só faço o que ele quer.

29 de julho

Não; está bem, perfeitamente bem! Eu casado com ela! Deus que me criou, se tivesse me concedido uma tal felicidade, toda a minha vida seria uma prece contínua! Não quero reclamar contra você; perdoe-me estas lágrimas, perdoe-me estes desejos inúteis! Ela, minha esposa, apertar nos meus braços o ser mais adorável que o céu cobre! Wilhelm, estremeço da cabeça aos pés quando o braço de Albert envolve sua cintura esbelta.

Posso dizer isso? Por que não, Wilhelm? Ela teria sido mais feliz comigo do que com ele! Ele não é o homem capaz de satisfazer todos os desejos do seu coração! Certa falta de sensibilidade, certa falta... Pense o que você quiser... Certa falta daquilo que faz com que nossos corações batam em certas passagens de um livro predileto, encontrando-se e confundindo-se no mesmo ritmo; e, ainda, em mil outras ocasiões, quando acontece expressarmos os nossos sentimentos a respeito de uma terceira pessoa... Querido Wilhelm... É verdade que ele a ama com todas as forças da alma, e quem não lhe tributaria esse mesmo amor?

Fui interrompido por um importuno. Minhas lágrimas secaram e consegui distrair-me. Adeus, meu amigo!

4 de agosto

Não sou eu o único a quem tais coisas acontecem. Todos os homens sofrem decepções em suas esperanças. Fui visitar a excelente mulher da tília. O mais velho dos meninos correu ao meu encontro, e seus gritos de alegria atraíram sua mãe, que parecia muito abatida e foi dizendo logo:

— Ah! Meu caro senhor, o meu mais novo morreu!

Calei-me, e ela prosseguiu:

— E meu marido voltou da Suíça com as mãos vazias. Se não fossem algumas almas caridosas, ele teria feito a jornada como mendigo, pois, além de tudo, apanhou a febre.

Nada pude dizer. Fiz um presente à criança, e a pobre mulher pediu-me que aceitasse algumas maçãs. Despedi-me, cheio de tristes recordações.

21 de agosto

Num abrir e fechar de olhos, sinto-me inteiramente mudado. Por vezes, um raio de felicidade me envolve todo, porém não dura muito! Quando mergulho, assim, nos meus sonhos, luto contra este pensamento: "Que aconteceria se Albert morresse? Você poderá... Sim, ela se tornará...". E desando a perseguir essa utopia, até que ela me conduza a abismos de onde recuo, espavorido.

Quando deixo a vila, tomando o caminho que fiz pela primeira vez, de carruagem, no dia em que fui buscar Charlotte para conduzi-la ao baile, penso como tudo, então, era diferente!

Tudo, sim, tudo desapareceu! Nenhum vestígio subsiste desse mundo, nenhuma batida de coração que renove, em mim, os sentimentos daquela época! Sinto o que sentiria um fantasma ao contemplar, em ruínas, o palácio que habitou quando era um soberano opulento, palácio que guarnecera de todos os mimos da magnificência, e que, ao morrer, havia legado, cheio de esperança, ao filho querido.

3 de setembro

Não compreendo que outro a ame, que outro tenha o direito de amar essa criatura, quando eu a amo, eu somente, de um amor tão ardente, tão completo! Quando não conheço ninguém, não sei nada, não possuo outra coisa a não ser Charlotte!

4 de setembro

Sim, é isso mesmo! Assim como a natureza se inclina para o outono, também o outono vive dentro de mim e em torno de mim. As folhas da minha alma vão amarelando, enquanto as folhas das árvores vizinhas tombam.

Não falei a você, um dia, no começo da minha estada aqui, do encontro com um jovem aldeão? Agora, ao perguntar notícias dele, em Wahlheim, disseram-me que foi despedido do emprego, e ninguém pôde informar-me o que faz. Ontem, encontrei-o por acaso na estrada de uma outra aldeia, abordei-o e ele me contou sua história, que me comoveu intensamente, como você verá. Mas que importa a você tudo isso? Por que não calarei o que me inquieta e entristece? Por que devo afligi-lo também, fornecendo-lhe, constantemente, ensejo de me lastimar e repreender? Pois bem, assim seja. Também isso talvez faça parte do meu destino.

Foi, em princípio, com uma calma cheia de melancolia, na qual adivinhei um pouco de temor, que o moço respondeu às minhas perguntas; pouco depois, saindo da sua reserva, como se despertasse de repente e me reconhecesse, confessou-me as suas faltas e narrou o seu infortúnio. Se eu pudesse, meu amigo, submeter-lhe, como a um juiz, cada uma dessas palavras!

Contou-me ele, ao que parece achando certa alegria e felicidade em recordar-se de tudo, que a paixão pela sua patroa aumentava, dia a dia, de sorte que, por fim, não sabia mais, para repetir suas próprias palavras, onde tinha a cabeça. Não podia mais comer, nem beber, nem dormir; no seu estado de angústia, fazia tudo ao contrário e esquecia as ordens que lhe davam. Era como se estivesse possuído de um mau espírito. Afinal, um dia, sabendo que ela se achava num quarto do andar superior, foi procurá-la ou, por outra, sentiu-se atraído para ela. Repelido em suas declarações, quis violentá-la. Não sabe como isso aconteceu. Toma Deus em testemunho de suas intenções honestas: o que desejava, e desejava-o ardentemente, era desposá-la e passar junto dela o resto da vida. Depois de falar algum tempo, calou-se subitamente, como um homem que tem, ainda, alguma coisa a dizer, mas não ousa. Por fim, confessou-me, com a mesma timidez, as confidências que ela lhe permitiu e a intimidade que acabou por autorizar entre ambos.

Por duas ou três vezes, ele se interrompeu, protestando, vivamente, que não dizia isso para "desprezá-la", que a ama e estima como antes, que nada do que me contou havia contado para outra pessoa, que me dissera tudo para convencer-me de que, de modo algum, é um homem perverso ou insensato... E, neste ponto, meu amigo, volto ao meu refrão para dizer-lhe, imediatamente: lamento não poder pintar esse homem tal como o vi diante de mim, tal como o vejo ainda! Lamento não poder exprimir tudo quanto me falou, de modo a fazer com que você sinta o porquê participo, sou forçado a participar, da sua sorte! Basta, porém! Você conhece a minha sina, conhece bem a mim mesmo; você conhece, pois, perfeitamente, o que me atrai em todos os infelizes, e neste infeliz em particular.

Relendo esta página, vejo que me esqueci de contar o fim da história, aliás, fácil de imaginar. A mulher defendeu-se, o irmão correu em seu socorro. Este último odiava o rapaz e desejava vê-lo despedido da casa, temendo que a irmã, por um segundo casamento, arrebatasse a herança dos seus filhos — dele, irmão, visto que ela não tem filhos. Não só expulsou o rapaz imediatamente, como fez um tal escândalo sobre o caso, que a viúva não poderia, mesmo que quisesse, retê-lo a seu serviço.

Agora, ela tem um novo empregado, que, segundo dizem, também dá motivo a rusgas entre essa mulher e o irmão. Garante-se que ela o desposará; mas o outro me declarou que está firmemente resolvido a não consentir que isso aconteça, enquanto viver.

Nesse relato, nada exagerei, não procurei, mesmo, ser delicado; no entanto, é possível que tenha sido bastante infiel, e possivelmente grosseiro, embora servindo-me de expressões consagradas em nossa linguagem polida.

Assim, esse amor, essa fidelidade, essa paixão... estão longe de ser uma ficção poética! O amor existe e palpita, em sua grande pureza, entre os homens da classe que nós chamamos inculta e grosseira, nós, a gente cultivada... dessorada e reduzida à coisa alguma pela cultura! Leia essa história com toda a unção, peço-lhe. Sinto-me, hoje, tranquilo por havê-la escrito; repare que a minha letra não está desordenada e garatujada como de costume. Leia, meu caro Wilhelm, e pense, lendo isto, que é a história do seu amigo! Sim, o que me aconteceu e o que me acontecerá, e não sou, sequer por sonhos, tão honesto e tão decidido como esse infortunado, com o qual apenas ouso comparar-me.

5 de setembro

Ela acabava de escrever ao esposo, retido no campo por causa de uns negócios, um bilhete que começa assim: "meu melhor, meu queridíssimo amigo, venha logo que puder! Eu o espero com uma alegria extrema...". Nisso, entra um amigo, trazendo o recado de que Albert demoraria mais algum tempo. O bilhete não foi enviado e, à tarde, caiu-me sob os olhos. Li aquelas palavras e sorri; ela perguntou por que eu ria, e não pude deixar de exclamar:

— Que dom divino é a imaginação! Por alguns momentos, pareceu-me que essas palavras tinham sido escritas por mim!

Ela interrompeu a conversa e pareceu descontente. Calei-me.

6 de setembro

Foi com grande pesar que me desfiz do fraque azul que eu vestia quando dancei, pela primeira vez, com Charlotte. Mandei, porém, fazer outro exatamente igual, mesma gola, mesmo forro, colete e culote amarelos.

Entretanto, tudo isso não produz o mesmo efeito. Não sei. Espero que, com o tempo, essa roupa se torne, para mim, tão querida como a outra.

12 de setembro

Ela esteve ausente, por alguns dias, para ir ao encontro de Albert. Hoje, tendo ido vê-la, saiu ao meu encontro e beijei-lhe a mão com paixão.

Um canário, voando do espelho, veio pousar no seu ombro.

— Um novo amigo! — disse-me ela, fazendo-o pousar na palma da mão, por meio de agrados. — É para as crianças. Veja como é carinhoso! Quando lhe dou migalhas de pão, dá umas bicadinhas tão delicadas, batendo as asas! Veja como me beija!

Ela mimou a avezinha com a boca, e o canário insinuou-se, delicadamente, entre seus lábios sedutores, como que experimentando uma ternura infinita.

— Vai beijar você também — disse-me ela, estendendo-me o canário. O pequeno bico passou da sua para a minha boca, e as bicadas deram-me a sensação de um sopro, um êxtase.

— O seu beijo — disse eu — não é de todo desinteressado; ele está à procura de alimento, e essa carícia inútil irá desapontá-lo.

— Ele come na minha boca.

E, colocando algumas migalhas nos lábios, que desabrocharam num sorriso onde havia todas as delícias do amor feliz, da ternura inocente, ofereceu-as ao canário.

Virei a cabeça para não ver aquilo. Ela não deve fazê-lo, excitando a minha imaginação com tais cenas de cândida e celestial felicidade, despertando meu coração, que, às vezes, dorme embalado pela insignificância das coisas deste mundo! E por que não? Se ela confia tanto em mim, é porque sabe quanto a amo!

15 de setembro

Wilhelm, fico triste ao ver como há gente incapaz de compreender e sentir as poucas coisas que ainda têm algum valor sobre a Terra. Você conhece as nogueiras sob as quais me sentei ao lado de Charlotte, em casa do digno pastor, nogueiras majestosas cuja visão enche sempre a minha alma do mais vivo prazer. Que sensação de íntimo bem-estar e que frescura elas transmitem ao meu coração! Que galharia soberba! E é preciso notar que suas recordações remontam aos excelentes pastores que as plantaram há tantos anos. O mestre-escola, muitas vezes, repetiu-nos o nome de um deles, nome que lhe foi transmitido pelo avô. Ao que me disse, era um ótimo homem, e a sua memória, eu a venero sempre que me encontro embaixo dessas árvores.

Ontem, conversando comigo, o mestre-escola tinha os olhos banhados de lágrimas, porque as nogueiras foram abatidas. Abatidas! Sinto-me furioso, sou capaz de matar o animal que deu a primeira machadada. Se eu tivesse, no meu pátio, duas árvores como aquelas, e uma delas morresse de velhice, a minha tristeza não seria menor, quanto mais... Meu amigo, uma coisa, ao menos, consola-me. Veja o que é a sensibilidade humana: a aldeia inteira murmura, e conto certo que a esposa do pastor, pelos donativos em manteiga, ovos e outros gêneros, há de ver como feriu a gente da sua paróquia. Porque a culpada foi ela, foi a mulher do novo pastor (nosso bom velhinho morreu), uma criatura magra e doentia, incapaz de simpatizar com quem quer que seja, e, também, de inspirar simpatia. Tresloucada que se acha sabichona, metendo-se a estudar os cânones da Igreja e trabalhando, com afinco, na reforma crítico-moral do cristianismo, de acordo com a nova moda, dá de ombros e acha Laváter um visionário. Com a saúde completamente arruinada, nenhum prazer encontra nesta terra de Deus. Só uma criatura semelhante seria capaz de abater as minhas nogueiras! Veja, é impossível readquirir o sangue-frio! Imagine só as folhas mortas sujando e umedecendo o pátio; as ramagens tornando o lugar sombrio; os garotos, quando as nozes estão maduras, atirando pedradas para derrubá-las; tudo isso irrita os nervos e perturba as profundas meditações a que se entrega para examinar cuidadosamente Kennikot, Semler e Michaelis!

Vendo o descontentamento que reina entre os aldeões, sobretudo entre os velhos, perguntei: "Por que vocês suportam isso?". Responderam-me: "Aqui, quando o prefeito quer uma coisa, que podemos fazer?". Bem-feito para o prefeito e o pastor! Eles pretendiam dividir o produto das nogueiras, porquanto, dessa vez, o último procurou tirar algum proveito das extravagâncias da sua mulher, mas a Câmara Municipal soube de tudo e gritou: "Alto lá!". Fazendo valer seus direitos sobre a parte do pátio do presbitério onde cresciam as árvores, vendeu-as a quem apresentou melhor proposta. Elas foram derrubadas! Oh! Se eu fosse príncipe, sei bem como havia de tratar a mulher do pastor, o prefeito e a Câmara Municipal... Príncipe! Sim, muito bem, se eu fosse príncipe, que me importariam as árvores do meu principado?

10 de outubro

Para que eu seja feliz, basta contemplar seus olhos negros! E, veja você, o que me aborrece é que Albert não me pareça tão feliz como esperava, e eu supunha, se... Não gosto de gastar reticências, mas, desta vez, não saberia expressar-me de outro modo, e fui bastante claro, ao que me parece.

12 de outubro

Ossian substituiu Homero no meu coração. Que mundo aquele para onde me leva o poeta sublime! Errar sobre a charneca enquanto sopra em torno o vento tempestuoso, que arrasta para as nuvens vaporosas, à pálida luz da Lua, os fantasmas dos avós; ouvir, nas montanhas, de mistura com o mugido das torrentes que ecoam dentro das florestas, o gemido abafado dos espíritos em suas cavernas, e o pranto da jovem desfalecendo de dor sobre as quatro pedras musgosas que pesam no túmulo do seu bem-amado, morto heroicamente! E, depois, encontrar o bardo de cabeça grisalha percorrendo a vasta charneca em busca dos seus ancestrais, para descobrir, ai dele, somente os seus túmulos! E quando, então, gemendo de dor, ele ergue o olhar para a doce estrela vespertina que se oculta no mar proceloso, o passado revive em sua alma heroica, passado em que o astro, com os seus raios propícios, ainda iluminava os bravos em meio dos perigos, e a Lua derramava a sua luz sobre o navio que regressava vitorioso. Leio-lhe, na fronte, a mágoa profunda. Sim, é triste ver esse nobre guerreiro, único sobrevivente da sua raça, caminhar, cansado e vacilante, para a tumba, sentindo, a cada momento, uma alegria nova, ardente e dolorosa, ao rever as sombras impotentes dos seus mortos; e, baixando o olhar sobre a terra fria, sobre a erva que ondula ao vento, exclamar: "O viajante há de voltar, há de retornar aquele que me conheceu em plena mocidade, para perguntar: onde está o bardo, o ilustre filho de Fingal? Seu pé calcará minha sepultura, e, em vão, há de procurar-me sobre a terra!"... Oh, meu amigo, eu queria, como um nobre escudeiro, sacar da espada e, com um só golpe, libertar meu príncipe do horroroso suplício de uma vida que outra coisa não é senão a morte prolongada; e, depois, enviar minha alma ao encontro desse semideus libertador!

19 de outubro

Que vazio horrível sinto em meu peito! Quantas vezes digo a mim mesmo: "Se você pudesse uma vez, ao menos uma vez, apertá-la contra o coração, esse vazio seria preenchido".

26 de outubro

Sim, meu amigo, para mim, cada vez mais, torna-se uma certeza que a existência de um ser humano tem pouca importância. Uma amiga de Charlotte veio vê-la, retirei-me para o cômodo vizinho, a fim de procurar um livro que, aliás, não consegui ler; então, peguei uma pena e pus-me a escrever. Ouvi que elas conversavam em voz baixa, contando coisas insignificantes, novidades da vila: que esta vai casar-se, que aqueloutra está muito doente... "Tem uma tosse seca, os ossos do seu rosto furam a pele, sofre constantes vertigens; não dou nada pela sua vida", dizia a amiga. "O senhor N. também está muito mal", respondeu Charlotte. "Ele está inchado", acrescentou a outra.

E a minha viva imaginação transportou-me para junto do leito desses desgraçados, e vi com que pesar eles abandonavam a vida, como eles... E, Wilhelm, aquelas duas jovens falavam deles como se fala da morte de um estranho. Olho em volta e, vendo, por todos os cantos, vestidos de Charlotte, papéis de Albert, estes móveis que se tornaram tão familiares, este tinteiro... digo a mim mesmo: "Veja o que você agora representa nesta casa: tudo para eles! Seus amigos o estimam, você é a sua constante alegria, há de pensar que o seu coração não poderia viver sem eles; no entanto, se você partisse, se desaparecesse deste círculo, por quanto tempo sentiriam o vazio que a sua perda lhes haveria de causar? Por quanto tempo?". Ah! O homem é tão efêmero que, mesmo onde está verdadeiramente seguro da sua existência, no único lugar em que sua presença produz uma impressão real, ou seja, na saudade, no coração dos amados, mesmo aí, deve apagar-se e desaparecer o mais depressa possível!

27 de outubro

Quantas vezes tenho vontade de rasgar o peito e estourar o crânio vendo que somos tão pouca coisa uns para os outros! Ah! O que trago em mim de amor, alegria, calor e embriaguez só de mim depende, não poderá ser dado para outro; e, o coração transbordando de felicidade, não poderei fazer a felicidade de alguém, se ele permanece frio e sem força diante de mim.

27 de outubro, à tarde

Tenho-a toda em mim, e o sentimento que experimento por ela absorve tudo. Tenho-a toda em mim, e sem ela tudo é, para mim, como se não existisse.

30 de outubro

Já estive cem vezes para atirar-me ao seu pescoço! Deus todo-poderoso, você sabe o que se sente ao ver tantas seduções, sem ter-se o direito de estender a mão e agarrar tudo o que nos fere os sentidos? E eu?

3 de novembro

Só Deus sabe quantas vezes mergulho no sono com a esperança de nunca mais despertar; e, pela manhã, quando arregalo os olhos e torno a ver o sol, sinto-me profundamente infeliz. Oh! Se eu pudesse mudar de humor, entregar-me ao tempo, a isto ou àquilo, ao insucesso de uma iniciativa qualquer, ao menos o fardo dos meus aborrecimentos não pesaria tanto. Que desgraçado que sou! Sinto-me, perfeitamente, o único culpado. Não, não sou culpado, mas é em mim que está a fonte de todos os meus males, como outrora a fonte de toda a minha felicidade. Não serei mais o homem que então nadava num mar de rosas e, a cada passo, via surgir um paraíso, cujo amor era capaz de abranger o mundo inteiro? Mas o coração que assim pulsava está morto, não produz mais os arrebatamentos de outros tempos; meus olhos, agora secos, não se refrescam mais de lágrimas de alegria, e a angústia abafa os meus sentidos, contrai e enruga a minha fronte. Aumenta o meu sofrimento verificar que perdi aquilo que fazia o encanto da minha vida: sagrada e tumultuosa força graças à qual podia criar mundos e mundos em torno de mim. Essa força não existe! Quando contemplo, da minha janela, o sol matutino rasgar a bruma sobre a colina distante, iluminando a campina silenciosa no fundo do vale, e vejo o riacho tranquilo, correndo para mim e serpenteando entre os salgueiros desfolhados, essa natureza me parece fria e inanimada, como uma estampa colorida. Todos esses encantos não podem fazer subir, do coração ao cérebro, a menor sensação de felicidade, e todo o meu ser permanece, perante Deus, como uma fonte estancada, como uma ânfora vazia! Quantas vezes caio de joelhos sobre a terra, implorando de Deus algumas lágrimas, como um semeador implora a chuva, se, sobre a sua cabeça, o céu é de bronze, e, ao redor, a terra estala de sede.

Mas não é a impetuosidade das nossas preces que fará com que Deus conceda a chuva e o sol. E os tempos, de que sinto uma torturante saudade, só eram felizes porque, pacientemente, eu me confiava ao seu espírito e recebia, de todo o coração, com um vivo reconhecimento, as delícias que ele derramava sobre mim.

8 de novembro

Com que afetuosa doçura ela censurou os meus excessos! Meus excessos consistiram nisto: copo atrás de copo, cheguei a beber uma garrafa de vinho.

— Não faça isso! — disse ela. — Pense em Charlotte.

— Pensar em você! — respondi-lhe. — Você precisa mandar que eu pense em você? Penso... Não; não penso! Você está sempre em minha alma. Hoje, estive sentado no mesmo lugar onde você desceu da carruagem...

Ela mudou de conversa, para impedir que eu me estendesse muito. Meu amigo, sou um homem perdido! Ela faz de mim o que quer.

15 de novembro

Obrigado, Wilhelm, pela sua cordial simpatia, pelos seus bem-intencionados conselhos. Tranquilize-se, peço-lhe. Deixe-me esgotar o meu sofrimento! Apesar da minha fadiga, sinto ainda forças para ir até o fim. Como sabe, venero a religião; sinto que é um apoio para muitas almas vacilantes, uma bebida refrigerante para muitas almas sequiosas. Mas... pode ela, deve ela, ser isso para todos? Há milhares de homens para os quais ela não o tem sido, milhares para os quais não o será nunca, quer implorem ou não os seus benefícios. Por que deverá, então, ser para mim? O Filho de Deus, mesmo, não disse que aqueles que "me foram dados pelo Pai serão comigo"? E se eu não figuro entre aqueles que lhe foram dados? E se o Pai quer reservar-me para ele, ao que me diz o coração? Peço-lhe: não dê a isso uma falsa interpretação e não veja um gracejo nestas palavras inocentes! Abro-lhe, aqui, toda a minha alma, pois, de outro modo, eu teria preferido calar-me, porquanto não gosto de gastar minhas palavras sobre assuntos em que cada um é tão ignorante quanto eu. Qual é o destino do homem senão suportar a parte de sofrimento que lhe toca, tragar seu fel até a última gota? E, se o cálice pareceu amargo aos lábios humanos do Deus celestial, por que me farei mais forte do que na realidade sou, fingindo achá-lo doce? E por que envergonhar-me no terrível momento em que todo o meu ser estremece entre a vida e o nada; e o passado, como um clarão, ilumina os tenebrosos abismos do futuro, e tudo em torno de mim se despedaça, e o mundo inteiro afunda comigo? É, então, que a criatura, no último grau do desespero, reduzida às próprias forças e sentindo-as impotentes, vendo-se tombar e não podendo deter-se na queda, grita, com uma voz dilacerante, vinda do mais profundo do seu ser, que se esgota em vãos esforços para reerguer-se: "Meu Deus, meu Deus, por que me abandonaste?". Poderei envergonhar-me destas palavras e recuar de medo ante o momento do qual não escapou aquele que se envolve nos céus, como num manto?

21 de novembro

Ela não vê, não sente, que prepara um veneno que nos põe em perigo a ambos. E eu bebo a longos goles, voluptuosamente, na taça fatal que me oferece. Por que me deita ela, tantas vezes, um olhar benevolente? Tantas vezes? Não, mas, enfim, algumas vezes. Por que essa complacência com que acolhe as expressões involuntárias dos meus sentimentos, e a compaixão pelo meu sofrimento que se lê na sua fronte?

Ontem, à hora da partida, ela me estendeu a mão, dizendo: "Adeus, querido Werther!". Querido Werther! É a primeira vez que me chama de querido, e isso me penetrou até a medula dos ossos. Repeti isso cem vezes e, à noite, ao deitar-me, falando sozinho de mil coisas, disse de repente: "Boa noite, querido Werther!" e, depois, não pude deixar de rir de mim mesmo.

22 de novembro

Não posso dizer a Deus: "Faça com que ela seja minha!"; no entanto, parece-me, às vezes, que ela me pertence. Não posso dizer: "Faça com que ela seja minha", porque é de outro. Divirto-me, de certa forma, com a minha própria dor e, se não tiver mão em mim, serei bem capaz de entoar toda uma ladainha de antíteses.

24 de novembro

Ela sente que eu sofro. Hoje, o seu olhar penetrou até o fundo do meu coração. Encontrei-a sozinha. Calei-me, enquanto ela me olhava. Não vi mais a beleza adorável, o esplendor da sua formosa inteligência; tudo isso tinha desaparecido aos meus olhos. O que agia sobre mim era um olhar mais belo, cuja expressão estava cheia da mais profunda simpatia, da mais doce compaixão. Por que não pude tombar a seus pés? Por que não consegui lançar-me ao seu pescoço e dar-lhe a resposta com mil beijos? Ela se refugiou em seu piano, dissimulou, com o seu jogo de notas harmoniosas, fazendo-as acompanhar a sua voz suave, como o leve perpassar do vento.

Nunca seus lábios me pareceram mais sedutores; diria que se abriam para aspirar, avidamente, os sons dulcíssimos que brotavam do instrumento, e aquela boca, tão pura, devolvia como um eco celestial... Ah! Se eu pudesse dizer a você tudo isso, como eu o senti! Não resisti mais; inclinando-me, fiz este juramento: "Jamais terei a audácia de te beijar, oh, lábios em que pairam os espíritos do céu!". No entanto... eu quero... Ah! Veja você, uma grande muralha se ergue diante da sua alma! Uma tal felicidade... e, depois, morrer expiando esse pecado... Pecado?

26 de novembro

Às vezes, digo a mim mesmo: "Seu destino é sem exemplo; você pode estimar aqueles que são felizes, e ninguém foi ainda torturado como você". E, depois, leio qualquer poeta de tempos idos, parecendo que lanço um olhar para dentro do meu próprio coração. Sofro tanto! Teria havido, então, antes de mim, homens tão desgraçados?

30 de novembro

Por onde quer que eu vá, deparo-me com alguma coisa que me transtorna. Oh, destino, oh, humanidade!

Sem disposição para jantar, fui dar um passeio pela beira do riacho, cerca de meio-dia. Tudo estava deserto; um vento de oeste, úmido e frio, soprava da montanha, e nuvens cinzentas, carregadas de chuva, avançavam sobre o vale. Lobriguei, ao longe, um homem, vestido com uma esfrangalhada roupa verde, o qual rondava os rochedos e parecia procurar plantas medicinais. Como me aproximei, ele se voltou ao ruído dos meus passos, e vi uma fisionomia interessante, cujo traço predominante era uma calma tristeza, denunciando, aliás, uma natureza bondosa e honesta. Seus cabelos negros formavam dois rolos fixados por grampos, e o restante, uma trança espessa, que lhe caía sobre as costas. O traje parecia indicar um homem de condição modesta e, por isso, julguei que não o ofenderia informando-me da sua ocupação. Perguntei-lhe o que é que procurava, e ele me respondeu:

— Estou procurando flores, mas não as encontro.

Repliquei-lhe, sorrindo:

— É que não estamos na estação...

— Há tantas flores! — disse ele, descendo para vir ao meu encontro. — No meu jardim, tenho muitas rosas e duas espécies de trepadeiras: uma foi meu pai quem me deu. Elas brotam como erva daninha, e há dois dias as procuro sem poder encontrá-las. Lá fora, também, há sempre flores amarelas, azuis, vermelhas... centúrias, com suas lindas florzinhas, mas não consigo encontrar uma única.

Percebi qualquer coisa de extraordinário e, aproveitando uma pausa, perguntei-lhe:

— Que quer você fazer com essas flores?

Um sorriso estranho e convulsivo mudou seu semblante.

— Não devo trair-me — disse ele, pondo o dedo nos lábios. — É que eu prometi um ramalhete à minha boa amiga.

— Muito bem.

— Oh, ela tem muitas outras coisas; é rica.

Respondi-lhe:

— No entanto, vai ter também o seu ramalhete?

— Oh! — continuou ele. — Ela tem muitas joias e uma coroa.

— Como se chama ela?

— Se os Estados-Gerais quisessem pagar-me — prosseguiu —, eu seria outro homem. Sim, houve um tempo em que eu era muito feliz! Agora, acabou-se tudo: eu sou... eu sou...

E, lançando um olhar humilde para o céu, concluiu seu pensamento.

— Então você era feliz? — perguntei-lhe.

— Ah! Como eu ainda desejo ser feliz! Eu me sentia tão bem, tão alegre, tão leve, como um peixe na água!

— Henrique! — chamou uma velha mulher que apareceu na estrada. — Henrique! Onde esteve? Nós procuramos você por toda parte! Venha almoçar!

Aproximei-me dela e perguntei:

— É seu filho?

— Sim, é meu pobre filho; Deus me deu uma cruz bem pesada.

— Há quanto tempo ele está nesse estado?

— Faz seis meses que ele ficou tranquilo, louvado seja Deus! Antes, esteve furioso durante um ano inteiro; foi preciso acorrentá-lo num hospital de loucos. Agora, não faz mal a ninguém; somente não se ocupa de outra coisa senão de reis e imperadores. Era um ótimo rapaz, era quem me ajudava, porque tinha uma bela caligrafia. De repente, tornou-se melancólico, foi acometido de uma febre, passou a delirar e, agora, é o que o senhor vê. Se eu pudesse contar ao senhor...

Interrompi aquela torrente de palavras, perguntando:

— Que tempo é esse em que ele pretende ter sido feliz e vivido tão contente?

Ela exclamou com um sorriso de piedade:

— Pobre louco! Ele fala do tempo em que esteve possesso, louvando sem cessar esse tempo. Foi quando passou no hospício uma época sem saber que havia perdido por completo a razão.

Tais palavras caíram sobre mim como um raio; dei à mulher uma moeda de ouro e despedi-me precipitadamente.

"Houve um tempo em que você era feliz", gritei para mim mesmo, dirigindo-me rapidamente, e em linha reta, rumo à vila. "O tempo em que vivia contente como um peixe na água! Deus do céu, essa deve ser, então, a sorte que concedeis aos homens, de só torná-los felizes antes de possuírem e depois de haverem perdido a razão? No entanto, oh, desgraçado, como eu invejo a melancolia e o alheamento de espírito em que você vegeta! Você sai tão cheio de esperança, em pleno inverno, a fim de colher flores para a sua rainha, e aflige-se para encontrá-las, e não compreende por que não estão aqui. E eu... eu saio sem esperança e sem destino, retornando tal como saí... Você imagina o homem que seria se os Estados-Gerais lhe pagassem. Feliz criatura que pode atribuir a ausência da felicidade a um obstáculo terreno! Você não sente que é no seu coração arruinado, no seu cérebro desorganizado, que jaz o seu mal, e que todos os reis da Terra não poderão curá-los!"

Morra de desespero aquele que escarnece de um enfermo pelo fato de ele transportar-se até a fonte longínqua dos seus males, e tornar mais doloroso o fim da sua vida! Morra de desespero aquele que olha, desdenhosamente, o homem de coração opresso, quando, para livrar-se dos seus remorsos e pôr um fim aos sofrimentos da sua alma, empreende uma perseguição ao Santo Sepulcro! Cada passo que ele dá sobre o caminho pedregoso que dilacera seus pés é uma gota de bálsamo para a sua alma angustiada; e, após cada dia de penosa caminhada, dorme com o coração aliviado de um grande peso... Ousam chamar a isso uma ilusão, multidão de faladores! Uma ilusão!

Oh, Deus, veja minhas lágrimas, pois fez o homem tão pobre, é preciso irmaná-lo àqueles que se alegram com o pouco que resta à sua miséria, um átomo que seja de fé. Por que a fé em uma raiz medicinal, ou no suco da vinha, que, afinal, senão a fé, a confiança que concedeu, em tudo quanto nos cerca, uma virtude curativa, ou consoladora, de que temos necessidade a todo momento? Oh, Pai, que eu não conheço, Pai que outrora fez transbordar toda a minha alma e agora me silencia, chamai-me para junto de ti, não mais esteja mudo aos meus apelos, porque o seu silêncio não poderá conter esta alma que tem sede! Um homem, um pai, não pode irritar-se porque seu filho, reaparecendo subitamente, atira-se ao seu pescoço, exclamando: "Voltei, meu pai! Não fique zangado por eu abreviar uma viagem que, por sua vontade, devia durar mais algum tempo! O mundo é o mesmo em toda parte: sofrimento e trabalho, depois recompensa e prazer; mas que me importa isso? Só sou feliz quando o senhor também é, e é junto do senhor que eu quero sofrer e alegrar-me". Bom Pai Celestial, repudiareis esse filho?

1 de dezembro

Wilhelm, o homem de quem lhe falei na minha última carta, esse feliz desafortunado, era empregado do pai de Charlotte, e o que o enlouqueceu foi a paixão por ela, que alimentou, primeiro secretamente, declarando-se depois, o que deu motivo a que o despedissem. Que estas secas palavras façam você sentir em que estado de perturbação me lançou essa história, quando Albert me contou, com o mesmo ar tranquilo com que você, talvez, vai lê-la.

4 de dezembro

Suplico-lhe que me leia! Acabou-se tudo, porque não posso mais! Hoje, estive sentado junto dela... Estive sentado enquanto ela tocava, no seu piano, algumas melodias, e com expressão toda... Toda! Toda! Que lhe direi eu? Sua irmãzinha vestia a boneca nos meus joelhos. Vieram-me as lágrimas, abaixei a cabeça, e meus olhos deram com a sua aliança... minhas lágrimas corriam... Então, de repente, ela começa a velha ária de uma doçura celestial e senti logo, em minha alma, uma impressão consoladora, de mistura com a saudade do passado, do tempo em que ouvi essa ária, dos dias sombrios que se seguiram, do meu despeito, das minhas esperanças malogradas, e depois... Pus-me a passear pela sala; meu coração sufocava ao peso dessas recordações. "Pelo amor de Deus!", exclamei com violência, dirigindo-me a ela. "Pelo amor de Deus, basta!" Ela parou e olhou-me fixamente. "Werther", disse ela com um sorriso que me trespassou a alma; "Werther, você está bem doente, pois que até os seus alimentos prediletos já lhe repugnam. Vá para casa, peço-lhe, e procure acalmar-se!" Arranquei-me de junto dela e... Oh, Deus, veja meu sofrimento e dê um fim!

6 de dezembro

Como a sua imagem me persegue! Acordado ou dormindo, ela enche a minha alma inteira! É quando fecho os olhos, neste ponto da minha fronte onde se concentra a vista interior, que vejo seus olhos negros. Não posso explicar isso. Cada vez que fecho os olhos, eles lá estão, abrem-se diante de mim, em mim, como um oceano, como um abismo; não sinto outra coisa senão eles no meu cérebro.

Que é o homem, esse semideus tão louvado? Não lhe faltam as forças, precisamente, quando lhe são mais necessárias? Quando ele toma alento na alegria, ou se abisma na dor, não se imobiliza num ou noutro sentido e retoma a banal e fria consciência de si mesmo, no momento exato em que aspira a perder-se na plenitude do infinito?

Do editor ao leitor

Quanto eu desejaria que nos restasse, a respeito dos últimos dias do nosso amigo; somos forçados a interromper a série de cartas escritas por ele, para completá-las com relatos.

Recolhi, das pessoas bem-informadas, pormenores bastante precisos acerca da sua história, que é simples, e todos os depoimentos concordam entre si, com pequenas exceções — diversidade de opiniões, aliás, que decorre da própria diversidade de caráter das personagens. Nada mais temos a fazer, neste caso, senão narrar, fielmente, aquilo que os nossos reiterados esforços nos permitiram saber, intercalando, em nossa narrativa, as cartas deixadas por Werther, sem desdenhar os apontamentos mais insignificantes encontrados entre seus papéis. Com efeito, não é fácil descobrir as causas verdadeiras e essenciais do gesto mais simples, quando se trata de homens que se elevaram acima do comum.

O desgosto e o desalento mergulharam suas raízes, cada vez mais, na alma de Werther e, alastrando-se como uma vegetação abafada, acabaram por tomar, inteiramente, conta do seu ser. A harmonia da sua inteligência foi destruída por completo, todas as forças da sua natureza entraram numa confusa efervescência, tomadas de um tal ardor, de uma tal violência interior que, tendo produzido os efeitos mais funestos, esgotaram-no por fim. E os seus esforços para vencer esse sofrimento lhe causavam maiores angústias do que todos os males contra os quais havia até então lutado. Nessa angústia do coração, consumiu as sabedorias do espírito, a vivacidade, a intuição penetrante. Em sociedade, mostrava-se cada vez mais sombrio, cada vez mais desgraçado e, também, cada vez mais injusto à medida que se tornava infeliz. É, pelo menos, o que dizem os amigos de Albert. Afirmam, também, que nada havia mudado na essência de Albert, mantinha-se como o amável e respeitável amigo... Amava Charlotte antes de tudo, zelando por esse amor, e desejava que ela fosse por todos reconhecida como a mais perfeita das mulheres. Era ele o responsável por querer afastar qualquer suspeita sobre sua amada? Todos concordam que Albert quase sempre se retirava da sala quando Werther ia visitar sua esposa, mas não o fazia por ódio, por aversão, mas, sim, por sentir que sua presença era penosa para o amigo.

O pai de Charlotte, retido no leito por causa de uma indisposição, enviou à filha uma carruagem, a fim de tê-la a seu lado. Era um belo dia de inverno, a primeira neve caíra abundantemente e cobria inteiramente a campanha. No dia seguinte, Werther foi ao encontro de Charlotte, para acompanhá-la até a vila, caso Albert não a fosse buscar. A serenidade do céu pouca impressão produziu no seu coração perturbado. A melancolia tomou seu coração, não lhe permitindo outra mudança de humor que não fosse de uma ideia dolorosa a outra ainda mais dolorosa. Vivendo numa perpétua discórdia consigo próprio, só via motivos de inquietação e perplexidade naqueles que o cercavam. Cria haver destruído a paz entre Albert e sua esposa, e disto fazia motivos de recriminações aos quais se misturava um secreto despeito contra o marido. Enquanto caminhava, seus pensamentos, de novo, tomaram a mesma direção. "Sim!", dizia de si para consigo, mal reprimindo a cólera. "Olha no que deu essa união íntima cheia de afeto, de ternura, de constante simpatia! No que deu essa fidelidade tranquila e duradoura: converteu-se em saciedade e indiferença! Um negócio qualquer, seja o que for, não tem para ele maior atração do que essa mulher adorável? Sabe ele apreciar sua felicidade e estimar Charlotte como Charlotte merece ser estimada? Charlotte é dele... Sei isso como sei muitas outras coisas; suponho haver-me habituado a este pensamento, e, cedo ou tarde, ele me enlouquecerá e causará a minha morte... E sua amizade por mim? Resistiu à tamanha prova? No meu apego por Charlotte, não verá ele um atentado aos seus direitos e, nas minhas atenções para com ela, uma censura tácita? Eu sei, eu sinto que a minha presença não agrada, que ele me deseja bem longe, que sou um fardo."

Muitas vezes hesitou em visitar sua amada, em todas elas seguiu adiante. Foi em meio de tais pensamentos e solilóquios que, afinal, bem contra a vontade, chegou ao pavilhão de caça.

Ao entrar, perguntou pelo velho e por Charlotte, notando, na casa, certa agitação. O mais velho dos rapazes contou que tinha acontecido uma desgraça em Wahlheim — um camponês fora assassinado, o que não causou a Werther grande impressão. Na sala, encontrou Charlotte em debate com o pai, tentando dissuadi-lo de ir, embora doente, investigar, no local, o motivo do crime. Não se sabia ainda quem era o culpado, pois a vítima fora encontrada, pela manhã, diante da porta da sua casa, mas havia suspeitas: o morto tinha sido criado na granja de uma viúva, substituindo, lá, outro que fora despedido.

Informado desses pormenores, Werther estremeceu e levantou-se bruscamente. "Será possível?", exclamou. "Preciso ir!" Correu a Wahlheim, e todas as suas recordações acudiram vivamente, certo de que o assassino era o homem com o qual havia muitas vezes conversado e ao qual tinha um grande apego.

Quando passou sob as tílias, rumo ao albergue onde o corpo tinha sido depositado, esse lugar que outrora tanto amara causou-lhe horror. O solo, sobre o qual tantas vezes brincara com as crianças da vizinhança, estava manchado de sangue. O amor e a fidelidade, os sentimentos mais belos do homem, tinham sido transformados em violência e morte. Aquelas árvores vigorosas estavam desfolhadas e cobertas de geada; as sebes soberbas, que formavam uma abóbada sobre o muro baixo do cemitério, também estavam despojadas da sua folhagem e deixavam ver os túmulos cobertos de neve.

Ao aproximar-se do albergue, diante do qual a aldeia inteira estava reunida, de repente, ouviu uns gritos. Via-se, ao longe, um grupo de homens armados, conduzindo o assassino. Fixando-o, Werther não teve mais dúvidas: era ele, o empregado que se apaixonara loucamente pela viúva, era o rapaz que havia encontrado errando ao acaso, cheio de furor, cheio de secreto desespero. "Desgraçado, que foi que você fez?", exclamou Werther, correndo ao encontro do prisioneiro. Este o encarou tranquilamente, sem nada dizer, e, por fim, respondeu com calma: "Ninguém a possuirá; ela não possuirá ninguém". Fizeram-no entrar no albergue, e Werther retirou-se precipitadamente.

Esse choque violento o transtornou por completo. Sentiu-se ainda mais triste, mais descoroçoado, mais entristecido por uma resignação passiva. Uma irresistível simpatia aumentou nele o desejo inexprimível de salvar aquele homem. Achando-o tão desgraçado, julgando-o tão inocente, por mais criminoso que fosse. Identificava-se com o seu ato e estava certo de defender o homem. Queria pedir por ele imediatamente, e as justificativas já subiam aos lábios. Ao correr para o pavilhão de caça, foi repetindo, baixinho, tudo o que pretendia dizer ao juiz distrital.

Quando entrou na sala, Albert ali estava, e isso o perturbou um pouco; mas se recuperou e expôs calorosamente sua opinião ao juiz distrital. Este sacudiu a cabeça várias vezes e, conquanto Werther alegasse, com toda a vivacidade, com toda paixão e sinceridade possíveis, tudo quanto um homem pode dizer em favor de outro, o juiz distrital, como facilmente se pode adivinhar, não se comoveu. Mais: sem deixar o nosso amigo ir até o fim, protestou contra suas palavras e lastimou que ali estivesse tomando a defesa de um assassino; demonstrou-lhe que, desse modo, todas as leis seriam abolidas, e a segurança pública inteiramente liquidada. Acrescentou que não podia intervir em semelhante caso sem assumir uma esmagadora responsabilidade, e que tudo deveria seguir, regularmente, de acordo com os trâmites legais.

Werther não se rendeu a tais razões e pediu ao juiz distrital para fechar os olhos: pelo menos, se facilitassem a fuga do rapaz. O juiz distrital repeliu igualmente esse pedido. Ao entrar na conversa, Albert adotou o ponto de vista do sogro, e Werther, vencido, retirou-se, preso em uma dor inenarrável, após ouvir o juiz distrital repetir inúmeras vezes: "Não, não é possível salvá-lo!".

A profunda impressão que produziram essas palavras aparece num fragmento encontrado entre os seus papéis, e que ele teria escrito, com certeza, naquele mesmo dia:

"Não é possível te ajudar, infortunado! Vejo bem que não nos poderemos salvar!"

O que Albert disse a respeito do preso, no final da cena com o juiz distrital, magoou profundamente Werther, que viu, em tudo isso, qualquer ressentimento contra si próprio, e, após algumas reflexões, apesar de seu espírito judicioso reconhecer que os adversários podiam ter alguma razão, parecia impossível chegar a admiti-la e proclamá-la abertamente, sem renunciar aos seus mais íntimos sentimentos.

Encontramos, ainda, entre seus papéis, algumas linhas a respeito do caso, e que talvez expliquem suas relações com Albert:

"De que serve procurar convencer-me de que ele é honesto e bom? Isso me apunhala o coração: não posso ser justo."

Em uma tarde de inverno, durante o degelo, Charlotte e Albert voltaram a pé. Durante o trajeto, de vez em quando, ela se voltava para trás, sentindo a falta de Werther. Albert pôs-se a falar dele, lastimando-o profundamente, sem deixar de lhe fazer justiça. Falou da sua paixão infeliz e expressou o desejo de arranjar um meio de afastá-lo. "Desejo isso, tanto por mim como por você", acrescentou ele. "Nesse caso, faça o possível para modificar a conduta dele em relação a você e tornar suas visitas menos frequentes. Começam a notá-las, e sei que já murmuraram a respeito disso em alguns lugares." Charlotte nada respondeu, e Albert pareceu magoado com o seu silêncio; pelo menos, desde esse momento, não mais aludiu a Werther diante dela e, quando ela falava dele, interrompia a conversa ou mudava de assunto.

A tentativa infrutífera para salvar o infeliz foi como o último clarão de uma luz que se apaga: Werther mergulhou, ainda mais profundamente, na sua dor e na sua inércia. Ficou quase fora de si ao saber que, possivelmente, seria citado como testemunha contra o rapaz, que afirmava inocência.

Todos os aborrecimentos que tinha enfrentado durante o período de atividade na Embaixada, todas as decepções, todas as tristezas... passavam e repassavam em sua imaginação. Achava que tudo isso lhe concedia o direito de permanecer ocioso, julgando-se privado de toda e qualquer perspectiva de futuro, incapaz de encontrar um ponto de apoio para apegar-se às coisas da vida ordinária.

Assim, entregue aos próprios sentimentos, às ideias extravagantes e, ao mesmo tempo, a uma paixão sem remédio; na eterna e dolorosa monotonia de suas relações com a criatura amada, junto da qual encontrava repouso; lutando violentamente contra suas forças, consumindo-as sem objetivo e sem esperança, dia a dia caminhava para um fim lamentável.

Seu delírio, sua paixão, suas agitações e seus esforços sem tréguas, seu desgosto da vida... de tudo isso, ele nos deixou testemunhos irrecusáveis nas cartas que vamos inserir aqui.

12 de dezembro

Wilhelm, estou da mesma maneira daqueles que se julgam possuídos por espíritos malignos. Sinto um tumulto interior e desconhecido, que parece querer rasgar meu peito, que me aperta a garganta e me oprime! Infeliz, infeliz de mim! Então, erro durante a noite, à aventura, entre as cenas terríveis desta estação, que castiga tanto os homens.

Ontem à noite, não pude ficar em casa. O degelo sobreveio subitamente. O rio havia transbordado, e o meu vale querido foi inundado a partir de Wahlheim. Corri para lá; eram mais de onze horas. Que espetáculo espantoso ver, do alto do rochedo, a correnteza escachoando e cobrindo os campos, as pradarias, as sebes e o resto, para formar, de uma ponta à outra do vale, um mar que se desencadeava furiosamente enquanto o vento assobiava! E, quando a Lua reapareceu por sobre uma nuvem escura, iluminando, com os seus reflexos terríveis e esplêndidos, as águas que rolavam e rugiam aos meus pés, fui sacudido de um súbito tremor e um desejo intenso. Ah! Curvado sobre o abismo, os braços estendidos, tive vontade de atirar-me lá embaixo; perdi-me, voluptuosamente, na ideia de precipitar, naquele turbilhão, meus tormentos e minhas penas, de me deixar arrastar pela agitação das águas! Então, senti-me preso ao solo e incapaz de dar um fim nisso. Minha hora ainda não chegou, sinto! Wilhelm, com que alegria eu teria renunciado à minha natureza de homem para rasgar as nuvens, para sublevar as ondas, misturando-me ao vento tempestuoso! Ah! Tais delícias não serão, um dia, possíveis?

E, quando baixei tristemente meu olhar para um recanto, onde, passeando com Charlotte por uma quentíssima tarde de verão, repousamos sob um salgueiro, notei que também ali tudo estava inundado. Mal pude, Wilhelm, reconhecer o salgueiro! "E suas campinas", pensei, "e os arredores do seu pavilhão de caça! Como essa torrente furiosa deve ter devastado o nosso bosquezinho!" E um raio de sol do passado brilhou em minha alma, como na alma do prisioneiro que sonha com os campos e os rebanhos, com a glória e as honrarias! Permaneci imóvel! Não me acuso, porque tenho coragem para morrer... Terei... Estou aqui, como uma velha que cata sua lenha nas sebes e mendiga seu pão de porta em porta, a fim de prolongar e consolar, ainda, o triste fio de vida que lhe resta.

15 de dezembro

Então, meu amigo? Tenho medo de mim mesmo! Meu amor por ela não é o mais fraternal, o mais santo, o mais puro dos amores? Sentiu, minha alma, um desejo culpável? Não quero fazer juramentos! No entanto, esses sonhos... Oh! Como têm razão os homens que atribuem efeitos contraditórios às forças exteriores! Esta noite... Estremeço ao dizer que a tive nos meus braços, apertada contra o peito, cobrindo de beijos os doces lábios que proferiam palavras de amor, meus olhos inundados pela embriaguez do seu olhar! Deus, serei culpado de experimentar ainda tanta felicidade ao recordar, em toda a sua intensidade, essas ardentes delícias? Charlotte, Charlotte!

Mas tudo isso está acima da minha vontade! Meus sentidos deliram. Há oito dias, não tenho sequer força para pensar; meus olhos estão sempre cheios de lágrimas; não me sinto bem em parte alguma, e sinto-me bem em qualquer lugar! Não desejo nada, não peço nada; o melhor é partir.

Naquele tempo, uma tal situação havia reforçado, na alma de Werther, a resolução de deixar este mundo. Depois que regressou de junto de Charlotte, não teve esperança. Prometeu a si mesmo, porém, que isso não havia de ser uma ação prematura e inconsiderada, que só tomaria esse partido com uma convicção sincera e a resolução mais calma possível. Suas dúvidas, suas lutas consigo mesmo, transparecem de um bilhete sem data (provavelmente começo de uma carta a Wilhelm), que foi encontrado entre os seus papéis:

Sua presença, seu destino, o interesse que ela toma por mim... exprimem, ainda, uma última esperança em meu cérebro vazio.

Erguer a cortina e passar para o outro lado, é isso! Por que, então, hesitar e tremer? Por que se ignora o que existe desse outro lado? E por que ninguém volta? E por que é próprio do nosso espírito imaginar, por toda parte, caos e trevas, quando nada sabemos ao certo?

Afinal, esse triste pensamento foi se tornando cada vez mais familiar e simpático; fechou-se, irrevogavelmente, no seu desejo, como prova esta carta um tanto equívoca que escreveu ao seu amigo:

20 de dezembro

Agradeço a sua amizade, Wilhelm, por haver relevado as minhas palavras. Sim, você tem razão; o melhor é partir. A proposta de retornar para junto de você não me agrada em nada. Antes, desejo fazer uma pequena viagem, esperar as geadas e, depois, boa estrada. Estou feliz pela vontade de vir me visitar; daqui a uma quinzena, aguarde uma carta, que lhe dará os pormenores necessários. É preciso dar tempo ao tempo, e quinze dias a mais, ou a menos, valem muito. Você dirá à minha mãe que reze pelo seu filho; diga-lhe, também, que perdoe os aborrecimentos que lhe tenho causado. É o meu destino afligir aqueles a quem devia tornar felizes! Adeus, querido amigo! Que o céu lhe conceda todas as bênçãos! Adeus!

O que se teria passado na alma de Charlotte, nesse meio-tempo, quais seriam seus sentimentos para com o marido e para com o desgraçado amigo, apenas ousaremos expressar por palavras; mas é possível, pelo que sabemos do seu caráter, formular qualquer ideia, e toda alma bem formada de mulher saberá identificar-se com a dela e compreender o que ela sentia.

Uma coisa é certa: Charlotte estava, em segredo, firmemente resolvida a se afastar de Werther; e, se hesitava, era pelo desejo sincero e afetuoso de pou-

pá-lo, pois sabia o quanto seria difícil partir, sabia, mesmo, que isso era quase impossível. Apesar disso, ela estava resolvida a agir seriamente. Seu marido guardava um silêncio completo a esse respeito, o mesmo de sempre, embora mais do que nunca resolvida, por atos, mais do que por palavras, a provar que seus sentimentos eram dignos dos dele.

No mesmo dia em que Werther escreveu a seu amigo a carta que transcrevemos há pouco (era o domingo, véspera de Natal), à tarde foi ver Charlotte, encontrando-a sozinha, ocupada em pôr em ordem alguns presentes de Natal para os irmãozinhos e as irmãs. Werther falou do prazer que as crianças iam ter e do tempo em que também se agitava ao ver uma árvore carregada de pequenas velas, bombons e maçãs.

— Você também — disse Charlotte, disfarçando o seu embaraço com um sorriso amável —, você também terá o seu Natal se tiver juízo: uma velinha e uma outra coisa.

— E a que chama, você, "ter juízo"? — indagou ele. — Que é preciso fazer, que posso eu fazer, minha boa Charlotte?

— Quinta-feira à noite — respondeu ela — é véspera de Natal; as crianças virão com meu pai, e cada um receberá o seu presente. Venha também, mas não antes de quinta-feira.

Werther ficou interdito...

— Peço-lhe — continuou ela —, é absolutamente necessário; peço-lhe pelo meu sossego: isso não pode seguir assim...

Ele revirou os olhos e caminhou pela sala, murmurando entre dentes: "isso não pode seguir assim!" Charlotte, sentindo em que estado de espírito ele repetia essas palavras, esforçou-se em mudar o curso dos seus pensamentos, mas em vão.

— Não, Charlotte! — exclamou Werther. — Nunca mais a verei!

— Por que, Werther? — replicou ela. — Você pode, você deve voltar; somente precisa conter-se. Por que você é tão intenso nas suas emoções? Peço — prosseguiu ela, tomando-lhe a mão —, seja senhor de si! O seu espírito, os seus conhecimentos, os seus talentos não te oferecem os mais variados prazeres? Seja homem! Acabe com essa infeliz inclinação por uma criatura que nada mais pode fazer senão ser agradável!

Ele selou os lábios e encarou-a com um ar sombrio. Charlotte continuou retendo-lhe a mão:

— Apenas um momento de sangue-frio, Werther! Você não sente que é tudo por sua culpa, que você se perde voluntariamente? Por que hei de ser eu, Werther, eu, que pertenço a outro, precisamente eu? Temo, temo muitíssimo que seja apenas a impossibilidade de me possuir que faça você desejar-me com tanto ardor!

Werther retirou a mão e olhou-a com um olhar fixo e descontente.

— Essa observação será de Albert? É profunda, muitíssimo profunda!

— Qualquer um pode fazê-la — respondeu ela. — Não haverá, então, no mundo inteiro, uma jovem capaz de satisfazer os anseios do seu coração? Assuma consigo mesmo o propósito de procurá-la e, juro-lhe, irá encontrá-la. Há muito tempo eu me inquieto por você e por nós, por causa da solidão em que se trancou nestes últimos meses. Decida isso com firmeza! Uma viagem irá te distrair. Procure e encontre um objeto digno do seu amor; depois, volte e gozemos todos juntos a felicidade que só uma verdadeira amizade pode dar!

— Pode-se — replicou ele, com um riso forçado — mandar imprimir isso e recomendar aos professores. Querida Charlotte, deixe-me, ainda, algum tempo em repouso, e tudo se há de arranjar!

— Eu só lhe peço uma coisa, Werther: não venha antes da véspera de Natal!

Ele ia responder, quando surgiu Albert. Trocaram cumprimentos de boa-tarde com um tom frio e começaram a passear pela sala, constrangidos. Werther começou a dizer umas coisas insignificantes, interrompendo-se logo; Albert fez o mesmo e, em seguida, interrogou sua mulher a respeito de alguns arranjos de que a havia incumbido, e, tendo ela respondido que nada tinha feito ainda, disse-lhe algumas palavras, que pareceram a Werther muito secas, e mesmo duras. Quis retirar-se, mas não pôde. Permaneceu até oito horas assim, indeciso, sentindo aumentar o despeito e o descontentamento; então, viram-no meter o sobretudo, tomar a bengala e o chapéu. Albert pediu que ficasse, mas Werther, interpretando o convite como pura polidez, agradeceu friamente e retirou-se.

Ao entrar em casa, ele tomou a lâmpada da mão do criado, que procurava guiá-lo, e entrou no quarto, onde desatou a soluçar, falando sozinho, de modo colérico, e passeando impetuosamente de um lado para outro. Afinal, atirou-se vestido no leito; assim o encontrou o criado quando, quase às onze horas, arriscou-se a penetrar no quarto e a perguntar se queria que lhe tirasse as botas. Consentiu que o fizesse, mas proibiu o criado de aparecer no dia seguinte sem ser chamado.

Na segunda-feira, pela manhã, 21 de dezembro, ele escreveu a Charlotte a seguinte carta, que foi, depois da sua morte, encontrada fechada sobre o bureau e remetida à destinatária. Transcrevo os fragmentos, como, ao que tudo indica, teria sido escrita:

É coisa resolvida, Charlotte: quero morrer. Escrevo-lhe isto tranquilamente, não é passional, na manhã do dia em que a verei pela última vez. Quando ler esta carta, minha amada, o túmulo frio cobrirá os restos deste infeliz de espírito inquieto, que não sabe o que fazer dos seus últimos momentos de vida senão sorrir com aquela a quem tanto amou. Passei uma noite terrível, mas também uma noite renovadora, que fortaleceu, fixou a minha resolução. Quero morrer!

Ontem, ao me afastar de você, inteiramente possuído de uma terrível revolta, o coração, assaltado por tantas emoções, sentindo-me gelado de horror em face da existência sem alegria e sem esperança que levo a seu lado, nem sei como pude chegar ao meu quarto. Caí de joelhos, fora de mim, e Deus me consolou através de minhas lágrimas! Mil projetos, mil perspectivas agitaram minha alma; por fim, projetou-se nela, definitivo e supremo, este pensamento: "Quero morrer!". Dormi e, esta manhã, erguendo-me tranquilo, encontrei-o em mim, sempre firme, forte, completo: "Quero morrer!". Não é o desespero; é a convicção de que resisti quanto me era possível resistir, e de que eu me sacrificarei por você. Sim, Charlotte por que calar? É preciso que um de nós três desapareça, e sou eu quem deve desaparecer. Amável amiga, neste coração dilacerado, muitas vezes, insinuou-se o pensamento frenético... de matar seu marido! De matar você! De matar a mim mesmo! Cumpra-se o meu destino! Quando você subir a colina, por uma bela tarde de verão, lembre-se de mim, que tantas vezes fui ao seu encontro, nesse lugar, surgindo do fundo do vale. Depois, volte os olhos do outro lado, em direção ao cemitério, e contemple o meu túmulo, sobre o qual o vento agitará os arbustos à luz do sol poente! No começo, eu estava tranquilo, e agora... agora eu choro como uma criança, vendo surgirem, em torno de mim, essas vivas imagens.

Cerca das dez horas, Werther chamou o criado. Enquanto se vestia, disse-lhe que ia partir dentro de alguns dias e deu ordens para que limpasse suas roupas e preparasse tudo para fazer as malas. Encarregou-o, também, de pedir a conta de todos os fornecedores, de ir buscar vários livros que lhe tinham emprestado, entregar dois meses adiantados a diversos pobres a quem costumava ajudar.

Jantou no seu quarto; em seguida, dirigiu-se, a cavalo, à casa do juiz distrital, não o encontrando. Percorreu o jardim, perdido nos seus sonhos, como se quisesse, naqueles últimos momentos, acumular, no coração, toda a tristeza de suas recordações.

As crianças não o deixaram repousar por muito tempo, seguindo-o por toda parte, pulando atrás dele e contando-lhe que, quando passasse "amanhã e depois de amanhã, e mais um dia ainda", iriam à casa de Charlotte receber o presente de Natal. Descreveram as maravilhas prometidas pela sua imaginação infantil. "Amanhã!", exclamou Werther, "e depois de amanhã e mais um dia ainda!" Ele beijou ternamente as crianças, e, quando se retirou, o menor de to-

dos quis contar um segredo ao ouvido: seus irmãos mais velhos tinham escrito cartões de felicitações de Ano Bom, tão grandes, tão grandes! Um para o papai, outro para Albert e Charlotte, e outro para o Sr. Werther, felicitações que deviam ser apresentadas na manhã de 1.º de janeiro.

A essas palavras, ele se sentiu vencido pelas emoções; deu qualquer coisa a cada uma das crianças, montou a cavalo, encarregou-as de apresentar cumprimentos ao papai e afastou-se, com os olhos rasos de água.

Voltou para casa. Cerca das cinco horas, disse à criada que acendesse a lareira; depois, ordenou ao criado que arranjasse os livros e a roupa branca no fundo da mala e empacotasse seus ternos.

Provavelmente, foi, então, que teria escrito a seguinte passagem, da sua última carta à Charlotte:

Você não me espera mais, acreditando que eu lhe obedecerei, que só a verei na véspera de Natal! Charlotte, hoje ou nunca! Na véspera de Natal, você terá em mãos este papel, estremecerá, molhará esta carta com as suas lágrimas queridas. Eu quero... é preciso! Sinto-me feliz por haver tomado uma resolução!

Entretanto, Charlotte achava-se num estranho estado de perturbação. Sua última conversa com Werther a fez perceber o sofrimento que viria com o afastamento. Disse, diante de Albert, como que por acaso, que Werther só voltaria na véspera de Natal; Albert partira a cavalo para ver o juiz distrital da vizinhança, com quem tinha negócios a tratar, e só estaria de regresso no dia seguinte.

Ela estava só, não tendo em sua companhia nenhum dos irmãos ou das irmãs. Silenciosa, abandonava-se aos pensamentos sobre a sua situação. Via-se ligada, para sempre, a um homem de quem conhecia o amor e a felicidade, a quem também amava de todo o coração, a um homem de caráter tão igual, tão digno de confiança, criado, pelo céu, para assegurar a felicidade de uma mulher honesta; sentia o que havia de ser sempre para ela e para os seus. De outro lado, Werther era muito especial, a afinidade de suas almas se manifestara desde o primeiro momento em que se viram! Ela fruíra tão longamente e tão frequentemente à sua companhia. Haviam experimentado, juntos, durante tanto tempo, emoções tão diversas, que o seu coração guardara dele uma impressão única. Habituara-se a partilhar com ele todos os sentimentos, todos os pensamentos, e a sua partida pareceu abrir, em toda a sua existência, um vazio que ninguém podia preencher. Queria transformá-lo num irmão! Ou casá-lo com uma das suas amigas! Ou, ainda, se pudesse restabelecer, entre ele e Albert, inteiramente, as relações de outrora!

Charlotte passava todas as amigas em revista, uma por uma, e encontrava em todas qualquer coira para reprovar; nenhuma valia para seu amigo.

Ao refletir, percebeu que seu desejo era guardá-lo junto de si. Era seu desejo verdadeiro, embora não dito. Seu coração amável sentia-se oprimido e distante de qualquer felicidade. Uma nuvem densa escureceu seus pensamentos, estava infeliz.

Assim passou o dia; eram seis horas e meia quando ouviu o barulho na escada, reconhecendo prontamente os passos de Werther, e ouviu sua voz chamando-a. Como o seu coração bateu ao senti-lo aproximar-se! Era a primeira vez que isso acontecia, e há razões para acreditá-lo. Teria preferido mandar dizer-lhe que havia saído. Ao vê-lo entrar, exclamou, numa espécie de arrebatamento apaixonado:

— Você não cumpriu a palavra!

— Eu nada prometi — respondeu ele.

— Pelo menos, você devia ter respeitado a minha súplica — replicou ela; — pedi-lhe isso para nossa tranquilidade recíproca.

Ela mal sabia o que dizia, muito menos o que fazia, tendo mandado chamar duas amigas, para não ficar a sós com Werther. Ele fez a entrega de alguns livros que havia trazido e pediu outros; Charlotte desejava a chegada das amigas e, ao mesmo tempo, queria que não chegassem nunca.

A criada trouxe a resposta: ambas mandavam pedir desculpas, mas não podiam sair de casa naquele momento.

Charlotte quis pedir à criada para fazer um serviço qualquer na sala vizinha, mas mudou logo de ideia. Werther passeava de um lado para outro; ela foi ao piano e tirou os primeiros acordes de um minueto, nada conseguindo. Fez um esforço para adquirir a presença de espírito e sentou-se, calmamente, ao lado de Werther, que tomara no canapé, o seu lugar costumeiro.

— Não tem nada para ler? — perguntou ela.

Ele disse que não, que não tinha nada para ler.

— Tenho ali, na minha gaveta — prosseguiu ela —, a tradução que você fez de alguns cantos de Ossian; não os li ainda, esperando sempre que você mesmo os lesse, mas nunca chegava a ocasião.

Ele sorriu e foi procurar o manuscrito; ao pegá-lo, sentiu-se nervoso e, quando viu as linhas escritas, seus olhos encheram-se de lágrimas. Acomodou-se de novo e leu:

Astro do crepúsculo, tu brilhas de modo esplêndido no Ocidente, tu ergues a cabeça resplandecente acima das nuvens e caminhas em toda a tua majestade ao longo da colina. Que é que procura o teu olhar sobre a colina? Acalmaram-se os ventos da tempestade; de longe, chega-nos o murmúrio da torrente; As ondas se lançam aos rochedos, os insetos do fim do dia voam livremente. Que olhas tu, astro formoso? Sorri e se afasta; as ondas te cercam alegremente e banham tua bela cabeleira. Adeus, calmo resplendor crepuscular! Amo-te, luz divina da alma de Ossian!

E ela surge, em todo o seu esplendor. Vejo meus amigos mortos ao lado de Lora, como nos dias passados! Fingal caminha como uma úmida coluna de névoa, e, em torno dele, lá estão os seus heróis, os bardos, os cantores! Ullim, de cabelo cinza, o majestoso Ryno, Alpim, o chantre amável, e tu, doce e chorosa Minona! Como mudaram, oh, meus amigos, depois dos dias festivos de Selma, quando disputávamos o prêmio de canto à maneira das brisas da primavera, que, ao longo da colina, fazem dobrar as ervas sussurrantes.

Então, Minona caminhava, em toda a sua beleza, os olhos cheios de lágrimas, com a sua basta cabeleira flutuando ao capricho do vento que soprava da colina. A alma dos heróis se entristecia quando ela erguia a sua voz melodiosa, porque quantas vezes tinham eles visto o túmulo de Salgar e a escura morada da branca Colma. Colma, de voz harmoniosa, estava sozinha sobre a colina. Salgar prometera vir, mas a noite baixava em torno dela. Escutai a voz de Colma, solitária sobre a colina:

Colma

Anoitece... estou sozinha, perdida sobre a colina batida pela tempestade. O vento assobia na montanha, a torrente despenha-se do rochedo, mugindo longa e dolorosamente. Nenhuma cabana me abriga da chuva; sinto-me abandonada sobre a colina batida pela tempestade.

Oh, Lua, rompei as nuvens que te envolve! Apareçam, oh, estrelas da noite! Que um raio de luz me guie ao lugar onde o meu bem-amado, o arco frouxo junto dele, os cães ofegantes dormindo em seu redor, repousa das fadigas da caça! E é preciso que eu fique neste lugar, sobre o rochedo de onde se precipita a torrente oculta sob a folhagem. A torrente e a tempestade uivam, fazendo com que eu não ouça a voz do meu amor.

Meu Salgar, por que demoras tanto? Esqueceste sua promessa? Eis a árvore, eis o rochedo, eis a torrente rumorosa! Tu prometeste estar aqui ao anoitecer; ai de mim, por onde andará o meu Salgar? Quero fugir contigo para longe de meu pai e meu irmão, criaturas orgulhosas! Há muito que nossas famílias são inimigas, mas nós não somos inimigos, oh, Salgar!

Vento, calai-vos um instante! Torrente, um breve silêncio! Que minha voz ressoe através do vale, para que o meu querido erradio a ouça! Salgar, sou eu quem te chama! Eis-me aqui, junto da árvore e do rochedo! Salgar, meu amado, eis-me aqui! Por que tardas a vir?

Vê, a Lua reaparece; as águas brilham no vale, os rochedos cinzentos se mostram até o alto da colina, e não o descubro nos cumes, seus cães não anunciam sua chegada. Espero-te, sozinha, aqui!

Mas quem são aqueles que jazem lá embaixo, nas folhagens? Será o meu bem-amado? Será meu irmão? Respondam, amigos! Não respondem. Que angústia oprime a minha alma! Ai de mim, morreram! Suas espadas estão vermelhas dos combates! Irmão, meu irmão, por que mataste meu Salgar? Oh, meu Salgar, por que mataste meu irmão? Um e outro, eram tão queridos. Oh! Tu eras belo entre mil, sobre a colina! Tu eras terrível nas batalhas. Responda! Escutem minha voz, meus bem-amados! Mas, ai de mim, eles estão mudos, mudos para sempre! Seu peito está frio como a terra!

Da colina, do cume da montanha onde reina a tempestade, falai-me, oh, espíritos dos mortos, falai-me, que não tremerei de medo! Onde repousas? Em que caverna da montanha te encontrarei? Não ouço a mais débil voz no perpassar do vento; a tempestade que ruge sobre a colina não me envia nenhuma resposta.

Aqui fico sentada, sucumbida de dor; entregue às lágrimas, esperarei o surgir da manhã. Cavai a sepultura, amigos dos que morreram, mas não a fechai até que eu chegue! Minha vida se desfaz como um sonho; poderei regressar? Quero ficar aqui, junto daqueles a quem eu amava; aqui, à beira da torrente que faz estremecer o rochedo!

Quando a noite baixar na colina, e o vento perpassar na charneca, lá estará minha alma com o vento, para chorar a morte dos meus amigos. O caçador me ouvirá, da sua cabana de folhagem; o caçador temerá e amará a minha voz, porque há de ser doce chorando os meus amigos: eram tão queridos!

Tal foi o teu canto, oh, Minona, oh, filha de Thormam, de faces docemente rosadas! Nossas lágrimas escorrem por causa de Colma, e nossa alma se torna sombria.

Ullim aproxima-se com a harpa e entoa o canto de Alpim. A voz de Alpim era doce, a alma de Ryno era um raio de fogo; mas ambos repousam em sua pequena morada, suas vozes não ressoam mais para Selma. Um dia, antes de esses heróis tombarem, ao voltar da caça, Ullim ouviu que batalhavam em seus cantos, sobre a colina. Seus cantos eram doces, mas tristes. Choravam a morte de Morar, o maior dos heróis. Sua alma era semelhante à alma de Fingal, sua espada igual à de Oscar. Mas, tendo ele tombado, seu pai gemia, as lágrimas corriam dos olhos de Minona, irmã do valente Morar. Ouvindo o canto de Ullim, ela desapareceu, como a Lua, no Ocidente, oculta sua bela cabeça nas nuvens quando pressente a tempestade. Com Ullim, acompanhei, na harpa, esse canto de luto.

Ryno

Cessaram o vento e a chuva; ao meio-dia, o céu está sereno, e as nuvens se dispersaram. O Sol ilumina a colina de uma luz inconstante. As águas da montanha correm, avermelhadas, no seio do vale. Doce é o teu murmúrio, oh, torrente, e ainda mais doce é a voz que eu escuto! É a voz de Alpim, que pranteia o morto. Sua cabeça está curvada pela idade, e seus olhos vermelhos de lágrimas. Alpim, excelente cantor, por que estás só na colina silenciosa? Por que te lamentas, como o vento que se levanta, de súbito, do seio da floresta, e como a onda que bate nas praias longínquas?

Alpim

Minhas lágrimas, Ryno, são pelos mortos; minha voz é para os habitantes dos túmulos. Ergues-te, imponente e esbelto, sobre a colina; és o mais belo dos filhos da mata! Porém tombarás como Morar, a aflição chorará sobre o teu túmulo. As colinas te esquecerão, e os arcos ficarão frouxos em tua morada.

Tu eras ágil, Morar, como as cabras na colina, terrível como os fogos que brilham à noite no céu. Tua cólera era como a tempestade, tua espada brilhava nas batalhas como o raio sobre a floresta; tua voz semelhava a torrente da floresta, depois da chuva, ao trovão nas colinas distantes. Muitos tombaram aos teus golpes e consumidos pela chama da tua cólera. Mas, quando regressavas da guerra, como era suave a tua voz! Teu rosto era como o Sol depois da tempestade, como a Lua na noite silenciosa; teu peito era calmo como o lago quando calam os gemidos do vento.

Agora, pequena é a tua morada, obscura a tua solidão! Com três passadas, eu meço o teu túmulo, já fostes tão grande! Quatro pedras musgosas formam teu único monumento; uma árvore despojada de folhas e a erva crescida, que murmura ao sopro do vento, indicam ao caçador a tumba do poderoso Morar. Não tens mãe que te pranteie, nem noiva que derrame, sobre ti, as lágrimas do amor... Morreu aquela que te deu à luz; também é morta a filha de Morglam.

Quem vem lá, apoiado ao cajado? Quem é aquele cuja cabeça está embranquecida pelos anos, e os olhos avermelhados pelas lágrimas? É teu pai, Morar, teu pai, que só tinha um filho, tu! Ele ouviu falar da tua fama nos combates, dos inimigos que dispersavas como quem espalha a poeira; ele soube da glória de Morar! Ai dele, nada soube do teu ferimento! Chora, pai de Morar, chora; teu filho, porém, não te ouvirá mais. Profundo é o sono dos mortos; muito lá no fundo da terra está seu travesseiro de pó. Jamais ouvirá a tua voz, jamais despertará ao teu apelo! Oh! Quando o dia há de penetrar na tumba para dizer ao que aí dorme: "Desperta!". Adeus, oh, mais nobre dos homens! Jamais esses campos tornarão a ver-te; jamais, na floresta escura, brilhará o raio da tua espada. Tu não deixaste filho, mas nossos cantos perpetuarão teu nome; os séculos vindouros ouvirão falar de ti, do grande Morar, que tombou heroicamente.

Clamorosas foram as lamentações dos heróis, mais clamoroso ainda o suspiro que escapou do seio de Armim. Esse canto lembrou-lhe a morte de seu filho, tombado em plena juventude. Carmor sentou-se junto do herói, Carmor, príncipe da sonora Galmal. "Por que esse suspiro soluçante, Armim?", perguntou ele; "qual o motivo do teu pranto? A poesia e o canto não ressoam para encantar as almas? É como a névoa transparente que se ergue do lago e se dissolve em chuva fina sobre o vale, umedecendo as flores redolentes. Mas o sol retorna, com toda a sua força, e a névoa se esvai. Por que estás tão acabrunhado pela dor, Armim, que reinas sobre Gorma, cercada pelas ondas?"

— Choro de dor? Sim, bem o sei, pois é grande o motivo da minha pena, Carmor, tu não perdeste nunca um filho; tu não perdeste uma filha em pleno desabrochar de sua beleza! O valente Colgar está vivo, viva está Amira, a mais formosa das jovens. Os rebentos do teu tronco florescem, Carmor, ao passo que Armim é o último da sua raça!

Sombrio é o teu sono, Dora; tu dormes um sono pesado em tua tumba... Quando despertarás com os teus cantos, com a tua voz melodiosa?

Levanta-te, vento de outono, levanta e sopra, furiosamente, sobre a mata obscura! Gemei, torrentes da floresta, urrai, furacão, na copa dos carvalhos! Aparecei através das nuvens dilaceradas, oh, Lua! Mostrando, por intervalos, a tua face pálida. Lembrai-me aquela noite terrível em que pereceram meus filhos, em que tombou a poderosa Arindal, em que se extinguiu minha Dora querida!

Dora, minha filha, tu eras bela, como é bela a Lua sobre as colinas de Fura, branca como a neve que tomba novamente, doce como o ar que se respira! Arindal, teu arco era forte, tua lança era rápida no campo de batalha, teu olhar era como a bruma sobre as ondas, teus cabelos como a nuvem flamejante na tempestade!

Armar, famoso nos combates, buscou o amor de Dora; ela não o recusaria por muito tempo. Eram belas as esperanças de seus amigos!

Erath, filho de Odgal, estava cheio de ressentimento, porque seu irmão caiu sob os golpes de Armar. Apareceu vestido de barqueiro, e sua barca, vogando sobre as ondas, era linda; os cabelos estavam embranquecidos pela idade, e o rosto era calmo e grave. "A mais bela das virgens!", disse, "encantadora filha de Armim, lá embaixo, no rochedo, perto da praia, Armar espera pela formosa Dora; venho procurar a sua bela amada para conduzi-la através do mar tormentoso".

Ela ouviu e chamou por Armar; do rochedo, alguém respondeu. "Armar, meu bem-amado, por que me deixaste assim tão inquieta? Ouve, filho de Arnath, escuta, é Dora que te chama!"

Erath, o traidor, rindo-se, dirigiu-se à praia. Ela ergueu a voz, chamando por seu pai e seu irmão: "Arindal, Armim, quem virá salvar a sua Dora?".

A voz de Dora atravessa o mar. Meu filho Arindal, descendo a colina, carregado com os rudes despojos da caça, traz o arco e as flechas; cinco cães cinzentos caminham a seu lado. Ao ver, na praia, o audacioso Erath, agarra-o e prende-o a um tronco de carvalho, amarrando-lhe a cintura com laços bem fortes; os gemidos do prisioneiro enchem os ares.

Em sua barca, Arindal avança sobre as ondas, para conduzir Dora. Armar aparece, furioso, e atira uma flecha, guarnecida de penas cinzentas, que assobia e vai mergulhar em teu coração, oh, Arindal! Pereces em lugar do traidor Erath. A barca atinge o rochedo; Arindal tomba e solta o último suspiro. Vendo o sangue de teu irmão correr a teus pés, oh, Dora, como foi grande a tua dor!

Os vagalhões despedaçam a barca, e Armar precipita-se no mar, a fim de salvar Dora, ou morrer. Súbito, um golpe de vento subleva as ondas, e Armar é tragado por elas.

Ouvi o pranto da minha filha, abandonada no rochedo batido pelo mar. Seus gritos eram penetrantes e contínuos, mas seu pai não podia salvá-la. Passei toda a noite na praia; divisava-a ao pálido reflexo da Lua, e ali fiquei, a noite inteira, ouvindo seus gritos. O vento soprava, e a chuva corria, com violência, nos flancos da montanha. Sua voz enfraqueceu-se ao raiar da manhã; depois, extinguiu-se como a brisa da tarde na erva do rochedo. Esgotada pela dor, Dora morreu, deixando Armim solitário. Não mais existe aquele que foi a minha força nos combates; morreu aquela que era o meu orgulho entre as moças!

Quando a tempestade desce da montanha, e o vento norte agita as ondas, sento-me na praia, ressoante, e contemplo o rochedo terrível. Muitas vezes, ao baixar a Lua no horizonte, vejo passar, juntos, tristemente enlaçados, os fantasmas dos meus filhos, esbatendo-se à meia luz do crepúsculo.

Uma torrente de lágrimas escapou dos olhos de Charlotte e aliviou o seu coração apertado, interrompendo a leitura de Werther, que abandona o manuscrito, toma-lhe a mão e derrama lágrimas amargas. Com a outra mão, Charlotte enxuga os olhos no lenço. Ambos sentem o próprio infortúnio, no destino daqueles heróis; sentem, e suas lágrimas se confundem. Werther roça, no braço de Charlotte, os lábios e os olhos ardentes; ela tem um leve tremor e quer afastá-lo, mas a dor e a piedade, esmagando-a como uma carga de chumbo, imobilizam sua vontade. Respira fortemente, procurando dar acordo de si, pondo, na voz, um acento celestial, e pede, aos soluços, que ele continue a leitura. Agitado e trêmulo, como se seu coração fosse explodir, Werther toma do caderno e lê, com a voz entrecortada:

Por que despertar-me, oh, brisa da primavera? Tu me acaricias e dizes: "Derramo sobre ti as gotas celestiais do orvalho!". Mas aproxima-se o tempo em que murcharei; aproxima-se a tempestade que me arrancará as folhas! Amanhã virá o caminhante, virá aquele que me viu em plena beleza; seus olhos irão procurar-me por toda a campina e não me encontrarão mais!

O peso dessas palavras caiu sobre o coração do desgraçado, que se atirou aos pés de Charlotte, em desespero, tomou-lhe as mãos e as levou aos olhos e ao rosto. Pareceu à Charlotte que um mau presságio atravessara a alma; seus sentidos deliravam. Apertou-lhe as mãos, e ele premiu as dela contra o peito. Em dado momento, inclinou-se sobre Werther, com uma emoção dolorosa, e as faces escaldantes de ambos se tocaram. O mundo inteiro deixou de existir. Werther tomou-a em seus braços, apertou-a junto do coração e cobriu de beijos furiosos seus lábios trêmulos e balbuciantes. "Werther!", exclamou ela, com a voz abafada, tentando escapar. "Werther!" E, com uma das mãos, procurava, quase sem forças, afastá-lo. "Werther!", repetiu, com um tom resoluto, que exprimia os mais nobres sentimentos; e ele, não resistindo, soltou-a e atirou-se a seus pés, como um insensato. Ela ergueu-se precipitadamente, presa de uma perturbação dolorosa, tomada de amor e de cólera. "É a última vez, Werther!", disse ela. "Você não me verá mais!" E, lançando sobre o infeliz um olhar apaixonado, fugiu para o quarto vizinho e trancou-se por dentro. Werther estendeu-lhe os braços, sem ousar retê-la. Estirado no chão, com a testa sobre o tapete, permaneceu nessa postura por mais de meia hora, só tornando a si quando ouviu o rumor dos passos da criada, que vinha pôr a mesa. Passeando nervosamente pela sala, ao sentir-se só, aproximou-se da porta do quarto e chamou em voz baixa: "Charlotte! Charlotte! Uma só palavra, quero te dizer adeus!". Ela não respondeu.

Werther ainda insistiu, suplicou, chamou ainda; enfim, fugiu dali, gritando: "Adeus, Charlotte! Adeus para sempre!".

Ao ganhar a porta da vila, os guardas, que estavam acostumados a vê-lo sempre, deixaram-no passar sem dizer nada. Chovia e nevava. Somente às onze horas ele bateu de novo à porta da sua casa. Ao entrar, o criado notou que estava sem chapéu, mas não ousou adverti-lo e começou a tirar-lhe a roupa, que estava completamente molhada. Encontrou-se, mais tarde, o seu chapéu sobre uma rocha situada no declive da colina que domina a vila. Pareceu inconcebível que ele pudesse escalar sem o menor risco, durante uma noite escuríssima e chuvosa.

Werther deitou-se e dormiu por muito tempo. No dia seguinte, pela manhã, quando foi servir o café, o criado o encontrou escrevendo. Ele acrescentara, na carta endereçada à Charlotte, as seguintes linhas:

É a última vez! É a última vez que abro os olhos. Pobre de mim, eles não verão mais o Sol, que se esconde, agora, nas nuvens de um céu sombrio. Tome luto, oh, Natureza! Porque seu filho, amigo, amante... aproxima-se do fim. Charlotte, só às impressões confusas de um sonho é comparável, talvez, o sentimento que se experimenta ao dizer: "você é a minha derradeira luz!". Luz! Charlotte, essa palavra, derradeira, não a entendo. Não estou aqui em todo o meu vigor? E, amanhã, irão me ver estendido sobre a terra. Morrer! Que é isso? Veja, é como se sonhássemos quando falamos da morte. Vi morrer muita gente, mas a humanidade é tão limitada que se mostra incapaz de conceber o começo e o fim da sua existência. Neste momento, ainda me pertenço! Pertenço a você, meu amor. E bastará um instante... separados, perdidos um para o outro... para sempre, talvez... Não, Charlotte, não! Como poderei ser aniquilado? Como poderá você ser aniquilada? Entretanto, ainda estamos vivos! Aniquilamento... que significa isso? Trata-se de uma palavra, um som vazio de sentido, que não diz nada ao meu coração! Estar morto, Charlotte, embaixo da terra gelada, numa sepultura tão estreita, tão escura! Tive uma amiga que foi tudo para a minha juventude desamparada. Quando ela morreu, acompanhei o seu enterro, parei à beira da cova, vi baixar o caixão, senti o roçar das cordas, que se afrouxaram e foram retiradas bruscamente, ouvi a primeira pá de terra que caía sobre o lúgubre invólucro, produzindo um rumor surdo, cada vez mais surdo, sempre mais surdo, até cobri-lo inteiramente! Lancei-me ao chão, ao lado daquela sepultura, embargado, transtornado, o coração cheio de angústia e profundamente dilacerado; mas nada entendia daquilo que se passava diante de mim... aquilo que também me estava reservado! A morte! O túmulo! Essas palavras... não pude entender nunca!

Perdão, perdoe-me! Ontem devia ser aquele o último instante da minha vida! Anjo! Sim, pela primeira vez senti, com absoluta certeza, este pensamento delicioso abrasar o mais profundo do meu ser: "Ela me ama! Ela me ama!". Queima ainda, nos lábios, o fogo sagrado que vinha em torrentes dos seus lábios; uma ardente embriaguez, jamais sentida, transbordou do meu coração. Perdoe-me, perdoe-me!

Ah! Sempre soube que você me amava! Soube desde os primeiros olhares, onde transparecia sua alma, desde os primeiros apertos de mão; e, no entanto, quando me afastava de você, ou quando via Albert ao seu lado, sofria demais, devorado pela febre da dúvida.

Lembra-se das flores que me mandou no dia em que não pôde me dizer, naquela reunião odiosa, uma só palavra, nem mesmo apertar-me a mão? Permaneci ajoelhado diante delas o resto da noite; era para mim o selo do seu amor. Mas essas impressões passaram. Assim, apaga-se, pouco a pouco, na alma do crente, o sentimento da graça do seu Deus, que lhe concedeu por meio de sinais sagrados e visíveis, em toda a sua plenitude celestial.

Tudo isso se extingue com o tempo, mas nenhuma eternidade extinguirá a vida ardente que aspirei ontem dos seus lábios, e que sinto queimar em mim. Ela me ama! Estes braços a enlaçaram, estes lábios vibraram contra os seus, esta boca balbuciou colada à sua boca! Você é minha, Charlotte; sim, minha por todo o sempre!

A mim, que importa que Albert seja seu marido? Seu marido! O casamento só vale para este mundo, e é só neste mundo que cometo um pecado, amando-a, desejando arrancá-la dos braços dele para estreitá-la nos meus! Um pecado! Pois bem, dele fui punido; esse pecado, eu o desfrutei em toda a sua beleza celestial, meu coração esgotou nele a força e o bálsamo da vida. Desde aquele momento, você se tornou minha, só minha, Charlotte! Eu a antecipo, indo para meu Pai, para o seu Pai! Direi as minhas penas, e ele me consolará, até que você venha. Então, voarei ao seu encontro, enlaçando-a, e ficaremos em face do Eterno, unidos por um beijo sem fim.

Não estou sonhando, não estou delirando. Ao aproximar-me do túmulo, meus olhos veem mais claro. Nós subsistiremos! Nós nos tornaremos a ver! Verei sua mãe; sim, eu a verei, eu a encontrarei, abrirei meu coração diante dela! Sua mãe! Aquela de quem você é a perfeita imagem!

Cerca das onze horas, Werther perguntou ao criado se Albert estava de volta, e o criado disse que sim, que vira alguém reconduzindo o seu cavalo. Então, Werther entregou-lhe um bilhete aberto, contendo estas palavras:

"Pode emprestar-me as pistolas, para uma viagem que pretendo fazer? Adeus, seja feliz!"

Naquela noite, Charlotte mal conseguira dormir. O que tanto temia cumpriu-se, e de um modo que não lhe fora possível temer, nem prever. Sua pulsação, tão tranquila e tão igual, estava agitada; sentimentos, os mais opostos, perturbavam aquele nobre coração. Seria do beijo de Werther que ela sentia arder, em seu seio, a flama que lhe havia inspirado tamanha audácia? Ou tal inquietação provinha do desassossego que experimentava ao comparar o presente com os dias de inocente tranquilidade e de confiança em si, isentos de constrangimento e cuidado? Como aparecer ao seu marido, como contar aquela cena que podia confessar, perfeitamente, e que, entretanto, não ousava confessar a si própria? Há quanto tempo ambos guardavam silêncio a esse respeito! A ela cabia rompê-

-lo, fazendo, ao esposo, semelhante confidência em momento tão inoportuno? Se temia, já, que a simples notícia da visita de Werther produzisse em Albert uma impressão aborrecida, que seria, então, quando ele soubesse da inesperada catástrofe? Ele a veria tal como sempre ela fora, sem nenhuma prevenção? E era possível desejar que Albert lesse o que se passava em sua alma? Por outro lado, como dissimular perante um esposo, aos olhos do qual sua alma estivera sempre aberta e transparente como o cristal, e a quem jamais ocultara; jamais havia podido ocultar um só dos seus sentimentos? Todas estas reflexões a enchiam de inquietação e perplexidade; e seus pensamentos se voltavam sempre para Werther, perdido para ela, sem que, entretanto, pudesse renunciar a ele, que se via forçada a abandonar e, perdendo-o, era como se perdesse tudo. Como sentia, então, pesar em seu coração, sem poder distintamente percebê-lo, a frieza que se produzira nas relações entre Werther e Albert! Por causa de certas diferenças de sentimentos, esses dois homens, tão dóceis e tão bons, trancaram-se num silêncio recíproco; depois, cada qual puxando para o seu lado, a situação complicou-se, e de tal sorte se tornara tensa, que era já impossível, precisamente no momento crítico, quando tudo dependia disso, reaproximá-los. Se uma confidência salvadora os tivesse unido, a indulgência e o afeto recíprocos nascessem, permitindo que se abrissem um ao outro, nosso amigo talvez pudesse salvar-se.

Uma circunstância particular juntou-se às perplexidades de Charlotte. Werther, nós vemos isso através das suas cartas, nunca fez mistério do seu propósito de deixar este mundo. Esse sombrio desejo, tantas vezes combatido por Albert, foi também muitas vezes objeto das conversas de Charlotte com seu marido; e este, que repelia tal ideia, com uma irritação estranha ao seu caráter, havia dado a entender que não levava a sério. Chegou a ridicularizar o assunto, fazendo Charlotte partilhar da sua incredulidade. Se, de um lado, quando seus pensamentos apresentavam tão lúgubre perspectiva, isso a tranquilizava; de outro, sentia-se inibida de confiar, ao seu marido, naquele momento, as apreensões que a atormentavam.

Quando Albert voltou, Charlotte foi ao seu encontro de forma ansiosa. Ele chegara um tanto irritado, por não haver concluído o seu negócio, pois o juiz distrital era mesquinho. As condições da estrada também haviam contribuído para seu mau humor.

Albert perguntou se tinha aparecido alguém, e ela respondeu, com precipitação, que Werther viera à tarde. Depois, perguntou se havia cartas para ele; Charlotte informou que estavam no quarto, com mais alguns pacotes. Albert foi vê-las, e Charlotte ficou sozinha. Diante do homem que amava e estimava, recebia novas impressões; a certeza da generosidade, do afeto e da bondade do esposo restituíra um pouco de calma ao seu coração. Sentiu vontade de estar com ele, pegou da costura e sentou-se ao seu lado, como sempre fazia. Encon-

trou-o ocupado em abrir e ler a correspondência, sendo que algumas cartas pareciam conter notícias pouco agradáveis. Charlotte fez algumas perguntas; Albert respondeu com breves palavras; em seguida, pôs-se a escrever.

Passaram, assim, uma hora, um ao lado do outro. Cada vez mais, a alma de Charlotte se afligia. Experimentava quão difícil seria revelar ao marido, ainda que apresentasse o maior bom humor, aquilo que pesava em seu coração, caindo numa tristeza apavorante, esforçava-se para conter as lágrimas.

A chegada do criado de Werther lançou-a numa perturbação extrema. O homem entregou o bilhete a Albert, que se voltou tranquilamente para ela e disse:

— Entregue as pistolas! — e acrescentou, dirigindo se ao criado: — Diga que desejo uma boa viagem. Tais palavras sufocaram seu peito; ergueu-se, cambaleando, sem saber o que sentia, dirigiu-se lentamente à parede. Com as mãos trêmulas, retirou as pistolas, limpou a poeira; depois, hesitou, e sua hesitação teria durado muito se um olhar de espanto de Albert não a forçasse a decidir-se. Entregou ao criado as armas fatídicas, sem poder proferir uma palavra; e, assim que ele se retirou, Charlotte pegou da costura e refugiou-se no quarto ao lado, presa de inexplicável agitação.

O coração pressagiava terríveis acontecimentos. Ora esteve a ponto de atirar-se aos pés do marido e contar tudo, a cena da véspera, sua falta e seus pressentimentos; parecia que esse ato não teria nenhum resultado, tanto mais quanto não poderia decidi-lo a ir para junto de Werther. Serviu o jantar. Uma amiga apareceu durante a refeição. Tiveram longas conversas insignificantes.

O criado levou as pistolas a Werther, que as recebeu com espanto quando se inteirou de que tinha sido Charlotte que as entregara. Serviu-se de pão e vinho, disse ao criado que fosse jantar, e pôs-se a escrever:

Elas passaram pelas suas mãos, você as limpou! Beijei-as mil vezes: você as tocou. É você, anjo do céu, que favorece meu desejo! Você mesma, Charlotte, fornece o instrumento que vai consumá-lo! Desejei receber a morte de suas mãos; é de você que a recebo hoje! Interroguei o meu criado, e ele me contou que você tremia ao entregar as pistolas, e não me enviou um adeus! Ai de mim, ai de mim, nem um adeus! Meu coração se fechou por causa deste instante, que me liga a você para sempre. Charlotte, milhares de anos não bastariam para apagar a impressão de tudo isso, e, sinto-o, você não pode odiar aquele que arde assim por sua causa!

Depois do jantar, ele ordenou ao criado que acabasse de fazer as malas, rasgou uma porção de papéis e saiu para pagar algumas pequenas dívidas. Retornou à casa, saiu de novo, apesar da chuva, dirigindo-se ao jardim do conde; depois, caminhou pelo campo. Ao cair da noite, voltou para casa e escreveu isto:

Pela última vez, Wilhelm, vi os campos, os bosques e o céu. Adeus, a você também! Querida mãe, perdoe-me! Console-a, Wilhelm! Que Deus abençoe! Todos os meus negócios estão em ordem. Adeus! Nós tornaremos a nos ver e seremos mais felizes!

"Recompensei-o mal, Albert, mas você me perdoará. Perturbei a paz do seu lar, lancei entre vocês a desconfiança. Adeus! Quero pôr um termo a tudo isso. Oh! Se vocês puderem ser felizes por causa da minha morte! Albert, Albert, faça feliz o anjo que tem a seu lado! E que, assim, a graça de Deus esteja sobre você!

Durante a noite, remexeu, ainda por muito tempo, os seus papéis, dos quais rasgou uma porção, lançando-os ao fogo. Fez alguns pacotes e endereçou-os a Wilhelm. Eram pequenos ensaios e pensamentos soltos; vi muitos desses trabalhos. Depois das dez horas, tendo ordenado que lançassem mais lenha ao fogo, pediu uma garrafa de vinho e mandou dormir o criado, cujo quarto, bem como os das demais pessoas da casa, era muito distante do seu. O criado deitou-se de roupa e tudo, para erguer-se na manhã seguinte muito cedo, pois Werther havia dito que os cavalos da posta estariam na frente da casa antes das seis horas.

Depois das onze horas

Em torno de mim reina a tranquilidade, e minha alma está tão calma! Eu te agradeço, Deus, por me conceder, em meus últimos momentos, este calor e esta força!

Aproximo-me da janela, oh, minha amiga, e vejo, ainda, através das nuvens, que o vento tempestuoso, ao longe, dispersa, brilha, aqui e além, as estrelas do céu eterno. Vocês não cairão. Há o sustento de Deus, que em breve me consolará! Vejo a Ursa Maior, a mais querida das constelações. Quando ontem a deixei, quando saí de sua casa, eu vi, diante de mim, essa constelação. Com que inebriamento a tenho tantas vezes contemplado! Quantas vezes, erguendo as mãos ao céu, tomei como sinal, como monumento sagrado da felicidade que então fruía! No entanto, ainda... Charlotte, que é que não me faz pensar em você? Você está em tudo quanto me cerca? E não tenho eu, como uma criança, furtado, avidamente, mil ninharias que você tocou, minha amada santa?

Querida silhueta! Entrego-te e peço que a guarde com cautela. Beijei-a milhares de vezes e, em outras milhares, alegrou meu coração.

Escrevi um bilhete ao seu pai, pedindo que proteja meu corpo. No cemitério, bem ao fundo, no canto que dá para o campo, há duas tílias: é lá que desejo repousar. Ele poderá fazer isso pelo seu amigo. Não exigirei dos piedosos cristãos que deixem depositar seus corpos ao lado de um infeliz! Ah! Eu queria que me enterrassem à beira da estrada, ou no vale solitário! Ao passarem, o sacrificador e o levita haveriam de persignar-se diante da pedra que marcaria o meu túmulo, e o Samaritano me concederia uma lágrima.

Veja, Charlotte, que não tremo ao pegar a fria e terrível taça por onde quero beber a embriaguez da morte! É você quem me apresenta, e eu não hesito um só momento. É assim que se consumam todos os votos, todas as esperanças da minha vida, todas! Quero bater, gelado e rígido, à porta de bronze da morte!

Se eu tivesse alcançado a ventura de morrer, de sacrificar-me por você, Charlotte! Eu morreria corajosamente, e com que alegria, se pudesse restituir-lhe o repouso e a felicidade! Para poucas e nobres criaturas, é dado derramar o sangue pelos seus e, com a morte, iluminar uma vida nova e centuplicada para aqueles que amam!

É com esta roupa, Charlotte, que quero ser enterrado; você a tocou, você a santificou; também isso pedi a seu pai. Minha alma flutuará sobre o caixão. Que ninguém remexa em meus bolsos. O nó cor-de-rosa que você trazia no corpete, quando a vi pela primeira vez em meio das suas crianças... Beije-as por mim, conte a história de seu pobre amigo! Queridas crianças! Vejo-as alvoroçadas em torno de mim! Ah! Como me prendi a este nó cor-de-rosa, como, desde o primeiro momento, não mais pude deixá-lo... Irá comigo para o túmulo; você me deu no dia do meu aniversário. Com que sofreguidão o recebi! Não pensava que tudo me traria até aqui! Calma, peço, calma!

Elas estão carregadas... bateu meia-noite! Assim seja, então! Charlotte, Charlotte! Adeus, adeus!

Um vizinho viu o clarão da pólvora e ouviu o estampido, mas, como tudo voltou ao completo silêncio, não se inquietou mais.

Às seis horas da manhã, ao entrar com uma lâmpada, o criado encontrou o amo estendido no solo. Vendo as pistolas e o sangue, chamou-o, sacudindo--o. Nenhuma resposta. Werther agonizava. Correu ao médico, foi à casa de Albert. Charlotte ouviu bater e sentiu um arrepio por todo o corpo. Despertou o marido, e ambos saltaram da cama. O criado, gritando e gaguejando, deu a notícia. Charlotte desmaiou aos pés de Albert.

Quando o médico chegou, o desgraçado jazia no chão. Não havia mais esperanças de salvá-lo; o pulso ainda batia, mas o corpo estava frio. Ele havia metido uma bala na cabeça, acima do olho direito, e os miolos saltaram para fora. Fazendo uma tentativa, deram-lhe sangue no braço; o sangue correu, e ele continuou a respirar.

A mancha de sangue que se via na poltrona provou que Werther estava sentado à sua escrivaninha quando disparou a arma; que, em seguida, tombara e, debatendo-se na convulsão, rolara ao lado da mesma poltrona. Deitado com as costas no chão, perto da janela, não teve mais forças para fazer qualquer movimento. Estava completamente vestido e calçado, trajava um fraque azul e um colete amarelo.

A princípio, a casa; depois, a vizinhança; por último, a vila inteira foi sacudida pela emoção. Albert apareceu. Tinham posto Werther sobre o leito, com o rosto coberto por um lenço. A sua fisionomia era de um morto. Não fazia o menor movimento. Os pulmões ainda arfavam de um modo horroroso, ora fracamente, ora com mais força. Esperava-se o fim.

Ele bebera apenas um copo de vinho. O drama de Emília Galotti estava aberto sobre uma estante.

Não irei descrever a consternação de Albert e o desespero de Charlotte.

O velho juiz distrital acudiu, logo que soube da notícia, e beijou o infeliz, derramando lágrimas ardentes. Seus dois filhos chegaram a pé, logo depois do pai, e, abandonando-se à dor mais violenta, caíram junto ao leito, beijando as mãos e a boca de Werther. O mais velho dos dois, por quem Werther sempre demonstrara particular estima, beijou seus lábios até que o pobre soltasse o último suspiro, tendo sido preciso arrancá-lo dali à força. Werther expirou ao meio-dia. A presença do juiz distrital e as medidas por ele tomadas evitaram que a multidão se atropelasse em frente à casa. À noite, cerca de onze horas, o juiz distrital o enterrou, no local previamente escolhido pelo desgraçado. O velho e os filhos acompanharam o cortejo. Albert não foi capaz de ir. Temia-se pela vida de Charlotte. O corpo foi conduzido por trabalhadores. Nenhum padre o acompanhou.

FIM

LEIA TAMBÉM:

CAMPANHA

FiqueSabendo

Há um grande número de pessoas vivendo com HIV e hepatites virais que não se trata. Gratuito e sigiloso, fazer o teste de HIV e hepatite é mais rápido do que ler um livro. FAÇA O TESTE. NÃO FIQUE NA DÚVIDA!

Veríssimo

ESTA OBRA FOI IMPRESSA
EM NOVEMBRO DE 2025